Asha 著

小奇的奇幻之旅

平行時空是真的嗎？
這個心靈故事讓你豁然開朗

小奇的奇幻之旅　目錄

〈推薦序〉好好活在現實當下／王理書　6

〈推薦序〉轉化能量，創造生命藍圖／方孝珍　8

〈推薦序〉認識人世真相／麥可（施文進）　10

〈作者序〉純粹的愛，純粹的實踐　13

前言　15

從一個瀕死經驗開始　23

第1階梯　發揮本能的力量　29

——發掘生命本能，體驗身為獅子的力量。

第2階梯　從獨霸到互助，學會愛與慈悲　47

——即使對方是霸王，我也願意讓自己學會愛！

第3階梯　何謂真正的力量？　63

——力量是要展現高度的，生命就是有輸有贏。

第4階梯　體驗實現夢想　69
——當你放下了對黑暗的批判與排斥的時候，愛便會提升。

第5階梯　學習無條件的愛　97
——無條件的愛教會了我們，沒有人的故事可以輕易被忽略。

第6階梯　無條件的愛自己、懂他人　117
——只有當你有愛的時候，便會得到神性給你最全面的視野。

第7階梯　回到靈魂的來處　137
——這個海底世界是一個神性的世界，帶著淨化與療癒的力量。

第8階梯　穿越平行時空　149
——當你經歷了所有靈性的體悟，你要記得，眼前是最重要的。

PS訊息　關於多次元和小奇故事中的各個角色　169

〈推薦序〉

好好活在現實當下

王理書

《小奇的奇幻之旅》對我而言，滿足了對《小靈魂與太陽》這繪本的小說版渴望。小奇的故事用了輕小說的敘事風格，而《小靈魂與太陽》則是繪本與象徵的詩意感。對於靈性世界原本的認識與相信不同的人，閱讀《小奇的奇幻之旅》會有截然不同的領會。

我會建議對靈魂計畫陌生的朋友，可以直接把這故事當成寓言或童話來看，去領會其中的微言大義，關於全然包容、無條件的接納與愛的概念，會有很多的學習。

對於在靈性領域浸淫以久，對於靈魂計畫或平行宇宙都欣然敞開的朋友，會喜歡藉由小奇的故事，釐清更多關於指導靈、關於靈魂進化、關於高頻率的視野。《小奇的奇幻之旅》會為這樣的朋友，做一個有系統的概念介紹或複習，非常具體而容易理解。

最後，對於成長中的孩子，《小奇的奇幻之旅》會是一本可以討論的故事書。當然，陪伴他們討論的大人，隨著對靈性世界觀的接納與融會度，可以用假設與比喻的角度來陪孩子討論，也能分享自己的認識與眼界。

這本書對我最受用的提醒，是末章的一段話：

當你經歷了所有靈性的體悟，你要記得，眼前是最重要的。

你若只追求靈魂世界，你會混淆，會搖擺不定，會猜測，會傷心，會失落，因為你會期待更大的你、更大的神一直保護你！

這當是回到事事盡心、步步踏實，老老實實做人，不需要去追求。因為，只需要我們敞開心，那些靈性的鋪陳與引領，那些更大的同在與保護一直在。若我們想要身體健康，就是老老實實把心願放在這裡，踏踏實實活著。

這對花了十年追求認識自我內在，又花了十年追求靈性世界的理解的我，是最大的提醒。好好活在現實的當下。

（作者為資深心靈工作者、親子作家）

〈推薦序〉

轉化能量，創造生命藍圖

方孝珍

跟Asha結緣十年，我的很多問題，不管是生活、工作、感情、關係、健康、等……我的指導靈、她的高靈都在關鍵時刻給了很大的幫助，很多個人很隱私的事，天知地知我知你不知的事，她總可以在我最需要的時候，給我一個更廣、更提昇的視野，讓我跳開困局。

今天我在從事一個成功的事業外，還可以多方參與身心靈的工作，從中得到很大的心靈滿足，生活上也輕鬆無礙，這過程中，Asha扮演了很重要的角色。

這些年接觸到的國內外老師不少，跟一些接高靈訊息的名師私下也熟，但我發覺，Asha有一種品質是很難得的：她個人的小我很小，訊息很純很真，你不會感覺到訊息被傳訊者本身的想法介入了，就會單純的聆聽及在真實生活上去印證。

白長老帶領Asha非常多年了，我及Asha周圍的朋友都可以感受到，白長老那份溫暖、包容、尊重、循循善誘的愛。祂一直努力用不同的方式提醒我們，轉換我們的內在及能量，多年下來，每個人的轉變都是有目共睹的。這本《小奇的奇幻之旅》，是白長老透過小奇的故事傳達一個更高的能量，讓我們明白：死亡不是生命的終點。放下恐懼與執著，會轉化我們的能量，讓自己更輕鬆、更自我負責，用自由意志創造我們此生真正想要呈現及達成的靈魂藍圖。

相信我，這是真實可以做到的！我可以，你更可以！

（作者為芳協股份有限公司董事長、心悅人文空間監察人）

〈推薦序〉

認識人世真相

麥可

這是一本很特別的小說，特別的地方在於：這本書的主要創作者並不是「人」。事情最早是在二〇一三年十二月開始，當時 Asha 用通靈接訊的方式，和好幾位指導靈、高靈等無形存有共同開了一次會議，在會議中一起討論這本書的創作方向，在彙整意見後，由白長老決定小說方向，再由眾多指導靈、高靈共同創作這本小說。

之後每天 Asha 和我在靜心過後，由 Asha 進入通靈狀態，開始接收一位第七次元的存有（祂們有解釋，是為了讓訊息更親近人，即使同樣的訊息透過不同的存有傳遞，也會有不同的能量品質！）所傳遞的訊息。我們用錄音的方式將這些訊息全部錄下來，每天的錄音時間大約一個小時，就這樣總共錄了九天，最後，這九天的錄音檔就成為了這本小說的主要內容。

我們花了一些時間將錄音檔轉成文字，接著將劇情內容做了一些編輯並更正一些錯字，朝淺顯易懂的方向努力。最後我們再針對劇情的結構和內容，修正了一些不容易了解或誤解的部分；有時會直接由Asha用通靈的方式，由我詢問祂們，或請祂們針對讀者可能不易懂的部分，再補充一些資料或多做一些說明。經過以上程序後（商周的藍萍還進行最後的編輯），就是這本小說的最後內容。

雖然以上所描述的創作方式，可能會讓有些讀者難以理解，甚至懷疑其真實性！但我只能說：這是真實的。而且我相信，若不是以這樣的創作方式產生，這世上也很難有人可以寫出這本書的內容！

撇開上述複雜過程，我非常真心的推薦這本小說，因為它適合非常廣的族群，在小說裡，隨著小奇的奇幻冒險過程，讓讀者對靈魂的世界以及人世的真相有著非常清楚的認識，並對靈魂的世界和人生的意義得到不同的視野。這本書包含的不僅是有趣的故事情節，最重要的是，故事裡祂們所透露的宇宙間非常重要的靈魂祕密。

我原本是一個百分百邏輯理性的頭腦，曾經創立了一個非常小的公司，這家公司剛開始包含我只有五個人，初始資本額大約三百萬，在經過十幾年的努力後成為上櫃公司，員工曾經到達五百多人，股價最高也曾超過五百元。即使創業過程中我得到了不少成就，也賺到足夠的錢了，但內心卻一直覺得，成就和物質並不是所有一切，心裡一直感覺彷彿少了些什麼！

當遇到白長老和這些存有們時，和一般人一樣，起初我的邏輯頭腦並不是那麼相信這些並有所保留。但經過一段時間後，漸漸地，越來越多的經驗累積和祂們長期所說的內容，讓我不得不相信，真的有這樣的存有存在著。

從初期我對祂們充滿好奇，也問了祂們各種稀奇古怪的問題，祂們也大都一一解答。以我對祂們的認識和感覺，祂們總是充滿著慈悲和善意，也對人充滿著無限的耐心和寬容，祂們對人和事情的看法總會超乎我的想像。還有祂們充滿智慧的教導和能量的療癒，也一直在幫助著許多人。

在經過好幾年後，我想問的問題越來越少了。當我對這個世界甚至宇宙有更多的明白和了解後，可以不再有太多的恐懼和擔憂，也因此我可以自由的展開新的人生旅程，當然，偶而在適當時機，祂們還是會提醒或建議一下目前的功課。

我記得祂們曾經說過，在人們得到訊息的幫助和能量的協助後，祂們最希望的是：我們不再依賴訊息本身，而是可以自己落實地去完成自己的人生使命！

麥可（施文進），宇峻奧汀科技公司共同創辦人、前董事長（擔任了十六年）。兩年多前實現退休夢想後，擔任顧問以及董事。心悅人文空間共同創辦人。富爾特科技薪酬委員。台灣科技大學創新育成中心審查委員。閒時喜好旅行、攝影、閱讀、寫作。

〈作者序〉

純粹的愛，純粹的實踐

Asha

身為一位通靈接訊者，我很慶幸自己可為宇宙服務，也能在各位有緣朋友生命轉捩點中，適當地把神的智慧帶到他們的個人生活中。有些朋友問我，這是本小說，它裡頭說到的無形世界，都是真的嗎？

為此，我也特地請教了帶領我們完成這本書的各位存有們，從第一本書《星宇》到《小奇的奇幻之旅》，為何都是以小說形式傳導出呢？以下就是白長老的親自回應：

這兩部小說是以妳（Asha）靈魂的特質與才華，共同與我們完成的。以小奇這書為例，記得我們曾在開始錄音此小說前，進行了一個「高靈會議」，當下你和麥可（Asha的先生）也是參與其中共同討論，大家達成的協議是：藉由小奇這本書，將死亡後的宇宙介紹給讀者。既然是要以小說的形式，它就勢必要有些「擬神化」，也勢必要將小奇會遇到的道道關卡，以階梯、門來區隔會進入的空間。

當中，我也問了祂們：「無形世界真的有許許多多的存有，並存在宇宙中嗎？」白長老很明確的說：

無形世界的存在，對於追根究柢、科技發達的人類來說，它是個永遠無法被證實的謎；它永遠可以被印證後又推翻，推翻後又可再度掀起熱潮。但我真心想讓朋友們理解的只有一件事：愛的國度中，宇宙的高度空間裡，它無須證明，或進入人類遊戲規則中的證辯，因為所有我們透過通靈者說出的訊息，是來自純粹的愛，訊息帶著深度的療癒進入人心。至於人類頭腦的是與非，我們尊重地球的特質，不過度顯化我們的力量，也不輕慢我們的存在性。

我說：「請問，祢們是誰？」

白長老：「我是基督的精神。」

麥可天使：「我是第八次元的化身存有，代表勇氣與智慧。」

「為何會選擇我，我對宗教一竅不通，我如何能把真正內涵帶給有緣的朋友呢？」

我們是精神體的一部分。所有人類過往宗教的宗教觀已成歷史。在宇宙的進化中，創造新能量與新觀點，是我們來的本意，這本意未曾分化與挑戰。人類在探求的宇宙精神與現實宗教觀的衝突，所有衝突進入本體的宇宙中，一切合一。

「我能為祢們做什麼？」

成為一個純粹並勇敢堅強的通靈者是重要的。一位通靈者若為了在人類的規則中去達成自己靈魂的意願，首要是：接納自己是誰，我為何而來！

「我們該如何推廣這本書呢？」

盡心盡力，親力親為！讓純粹的愛透過純粹的實踐。

我問：「何為純粹實踐？」白長老回應：

思考過所有可能性後，專注並且歸於中心！這本書的生命是無法界定並歸類的，它是伴隨著宇宙的力量，與你們（人世間作者）共同完成！

前言

我今年十七歲。小時候大家喜歡叫我「愛作夢」，因為在我開始會說話的時候，經常半夜驚醒後，坐在床上發呆。那時爸媽還沒離婚，媽媽總會抱著我一起坐在那裡，直到我又再度睡著。

我還記得在我五歲的時候，爸爸有一天跟我說，媽媽因為要外出工作，以後沒辦法回家照顧我了！從那天起，只要我半夜驚醒，總是維持一樣的姿勢不動地呆坐著，一直到隔天早上真正醒來。

媽媽離開、外出工作的時間，比我想像還長。

漸漸地，我睡夢中半夜驚醒的次數每天減少，減少到自己寧願矇著頭大睡，也不願等媽媽下床抱著我，讓我依靠在她的肩膀。

印象中，靠在媽媽的肩膀讓我很放鬆。長大後，已經許久沒有如此溫暖的感覺了。而我的爸爸呢？半夜中聽過幾次，爸爸斥責媽媽要她別管我，每次在指責後，他總會加一句：「真是奇怪的小孩。」爸爸在回床睡覺前，一定會拖著塑膠拖鞋上一回廁所，然後才不悅地回到床上。

我常常自己問自己，媽媽是不是因為我很奇怪而離開我呢？

上小學五年級之後，大家稱呼我小奇，因為我總是會在團體討論時，說些奇妙的話。

我個性很活潑，很愛出鬼點子，也因此很受班上同學的歡迎。

爸爸在媽媽離開後，親自撫養我到十五歲，然後將我送到寄宿學校。之後爸爸再度結婚並生下一子。新來的媽媽待我很好，我真心祝福爸爸找到生命中的真愛。

十五歲，我開始我的獨立生活。

我的親生母親，她就這樣消失在這個家。我再也沒聽任何人提起過她了，她是生是死，我全然不知！直到這次我生病住院，終於看到了她。

事情開始在一次我意外的昏倒，我被診斷出可能罹患血癌，但至今醫生還沒有真正確診，原因是：血癌細胞時而出現、時而消失！但在這段昏迷過程中，我卻經歷了一個非常奇特的瀕死經驗。

還記得當時我正在課堂上課，突然感覺到，像是有一道電極之光穿過我的頭，接著我就休克了！

當時所有的人都非常緊張。後來聽他們說，我長達好幾天都是接近停止呼吸的狀態。就在這過程中，我經歷了人生最大的震撼，也就是：不是所有人都會經歷的「瀕死經驗」。

在我停止心跳呼吸，醫生已經打算要宣布我的死亡的時候，正飄浮在空中的我，往下看到自己躺在病床上，恢復了心跳和呼吸。

在昏迷、清醒的來來去去之間，我遇到了一位自稱是白長老的老先生，他是一位親切又神祕的智慧老人。是他讓我快速地在很短時間學會了非常多的生命智慧！這在日常生活中，可能要花好久好久的時間才能學會的智慧。

白長老曾告訴我：「當你離開了身體這個容器時，你的智慧和視野會寬廣許多。現在真實世界的你僅有十七歲，但靈魂的世界，你可看到、聽到跟學習到的，不只十七歲的你。離開肉體後，你會與高意識產生連結！」

回想了這幾天的感覺，它帶給我在清醒以後的所有勇氣，讓我再也不恐懼死亡，因此我希望這份很奇異的瀕死奇幻之旅，可以分享給更多人！

我猜在我昏迷的這幾天裡，我是唯一感覺到快樂的人！我周圍的親人應該為了我掉了不少眼淚！這瀕死經驗，很神奇、完整地透露我靈魂的旅程。

白長老告訴我一段很奇怪的話，他說：

你的靈魂從來沒有死亡過，是你漫足在地球存活的肉體死亡罷了。而這個身體裡面，有太多的記憶都是屬於別人的。

同樣地，每個人身體的記憶裡面，也太多屬於別人的；而地球好多的故事記憶裡，也屬於別的星球的。我們所有人的故事都是屬於宇宙的，沒有任何一個故事是歸屬於靈魂、歸屬於個人的！靈魂輪迴在每一個肉體裡面，他們都有自己的故事跟自己的任務要去完成。

為何我要說，靈魂從來就沒有任何故事屬於他們的？因為這所有的故事都屬於宇宙本身，也就是說，我們的靈魂就是宇宙本身，我們所有的靈魂，從來就沒有存在過任何自己的故事、任何的分離、任何的個人化。

說實話，其實我聽不懂這段話的意思。但白長老說，別急，以後你會慢慢懂的。而且白長老還希望，我把這段經歷真實地記錄下來，讓我的故事可以幫助更多人了解靈魂的本質！

其實一開始我有點抗拒，因為我自己都不懂的東西，怎麼有辦法幫助別人？

白長老不但耐心並且充滿溫暖，他肯定地告訴我：「你分享的是靈魂的故事，不是十七歲小奇的內心世界。這世界上的人或許不會馬上懂，但靈魂早已完全知道了，你扮演的角色，是將這些靈魂訊息帶進人的生活裡。」

隨著白長老的帶領，我開始覺得我自己受益良多，原本不懂的事情開始慢慢明瞭，也開始相信，我的經驗真的可以幫助更多人了解生命、了解靈魂！

因此，我把這段時間所經歷的事情完整地寫下來，因為在整個過程當中，竟讓我明白了，何謂輪迴、生死、神性、指導靈、更高的指導靈，以及如同藍天白雲般的境界。我也看到甚至經歷到，人的靈魂如何從一頭獅子慢慢變成一個願意帶著智慧的人，這對我來說，震撼實在太大了。

我衷心希望，把這離奇又充滿收穫的經驗分享出去。以下我以第三人稱的超然角度來說這個故事，再穿插每個角色的內心獨白。我相信這些故事可以讓更多人受益，因為這不單只是我個人的故事，也是所有人、甚至宇宙整體的故事。

最後，這段話是白長老告訴我的：

宇宙間沒有時間和空間的界線，在不同時空次元，每一個人還同時存在好幾個他自己，這好幾個他自己，又正在同時體驗不同的生命狀態。以下故事是小奇穿梭各個不同時空的他自己，而白長老在多次元的能量空間中，成為整個生命經驗的解說者。

從一個瀕死經驗開始

這是一個天氣非常晴朗的下午，幾乎無雲的天空，是那麼深邃的藍色。從宿舍往學校的路上，小奇正默誦今日學校期中考的課文，邊走邊複習。或許因為考試症候群，他一早就覺得身體十分疲倦，雙手無力，頭昏腦脹，眼睛有時會出現模糊的影象，但只要揉揉眼睛，又會恢復正常。

走著走著，在過最後一條馬路前，他突然一陣暈眩，一度無法站立。因為頭痛劇烈，以至於只好蹲坐路邊數分鐘。

小奇聽到有其他班級的學生在喊：「考試開始了！」為了不錯過考試，他努力地從地上站起，撐不住又跌落了，劇烈的頭痛讓他無法睜開眼睛。因為是在轉彎巷角，沒有任何人發現小奇，他也無法發出任何聲音求救。

小奇呆坐原地，直至身體慢慢恢復正常，才起身一步步走向教室。

當他到了教室時，已過了一堂課的一半時間，老師嚴肅地指了一下手錶，表示他遲到了，接著轉身去拿試卷給坐好在位子上的小奇。

奇特的事情在老師轉身時發生了。小奇突然看到了一些屬於老師的影象，如同電影播放著：他看到老師的雙胞胎妹妹掉到湖裡，她們年紀都很小；接著雙胞胎的另一人（老師）到處哭喊，等有人來到時，妹妹早已停止呼吸了。

他很專注且清晰地看著這些突如其來的畫面時，接下來，小奇看到老師當時十分自責。從那時開始，她封閉起自己，拒絕與父母、親朋好友溝通。

老師曾說過，她有一個雙胞胎妹妹，但不曾說過她早已過世。平日沉默寡言、獨來獨往的老師，是最不受大家喜歡的，總覺得她很難親近；如今，小奇似乎對老師孤單的內心有了更深的認識。

考試時間已經快要結束了，鐘聲響起，老師要同學繳交試卷，他才驚覺而回神。老師走向小奇，叫他去另一間教室把試卷完成，小奇笑著點點頭，走向隔壁教室。

這天的考試非常順利。之後一整天，小奇毫無心思聽課堂上的老師講課，因為他沉浸在那些畫面中。

往後幾天，只要看到那位有雙胞胎妹妹的老師，小奇的內心都會有些激動。

◇

離上次的神祕經驗已過了一個多月，小奇有點失望，沒有再次發生。只要有人從小奇面前轉身，他就會盯著他們的背影，期待再次有故事畫面呈現。

對小奇來說，看到人背後的故事，會讓他更明白與親近他們，至少對於那位不太讓人喜歡的老師，小奇離她更近一些了。

這一個多月來，清晨起床後，都會感覺一陣昏眩、噁心，並且雙腳無力。因為住在學校宿舍裡，小奇並沒有告知任何人有關自己身體的情形。

就在今天，小奇依舊如往常般專注地聽課，專注地將老師所說的每一句話認真抄寫下來。

就在小奇寫字寫到一半的時候，突然感覺雙手無力；接著，就像是有一道極其刺眼的白光穿進他的腦子裡；最後他一陣暈眩，看到眼前只是一道道的白光。

碰一聲，小奇的身體往左邊倒下了！

同學們很大聲地驚呼著：「小奇昏倒了，老師！」所有同學簇擁而來。小奇的手腳沒辦法動彈，但是意識還是可以聽到他們在惶恐地大叫著。

聽到救護車來了，之後小奇就失去意識！

就在小奇昏迷的那一瞬間，他是那麼清楚地看到：所有人，他們所有的擔憂、所有的愛，他們當下放下所有個人的煩惱、個人的欲望，只是單純地把愛放在倒在地上的小奇！

「天啊！我太震撼了！」小奇驚呼：原來死亡可以喚醒人類，原來死亡可以讓所有人放下自己的小我，聚成一個巨大的光，那是所有愛的力量！

在場的每一個人都希望小奇可以再度醒來，這是巨大的力量，而這正是他們療癒小奇的力量。

小奇在空中看到的所有同學們，包括他討厭的那個同學，也是對小奇充滿愛，而這份支持的力量，比他想像的更令人驚歎！

小奇覺得自己沒有死，因為他看到自己的心臟還在跳動，所有的器官並沒有停止運作。他只看到，不知名的原因讓他的身體運作機能凍結了，所以身體再也不能動。然後，小奇就開始了他的奇幻旅程！

◇

小奇轉過身去的時候，看到一道道的階梯，它通向很遠的地方。

這是哪裡呢？他沒有看到任何以前在教會所知道的聖靈、基督的光來引領他，小奇沒有看到祂們。他看到的就是一個很長的樓梯，通向很遠的地方，小奇無法轉身馬上奔向樓梯。因為同學被死亡喚醒良知的力量，讓小奇深受他們吸引，他覺得那很感動人。

救護車來了，小奇看到他們把自己的身體運走：「他們要帶我去醫院嗎？」

這時下課的鐘聲響了！同學們似乎回到了自己的狀態，他們拿起書包準備回家！好可惜！那份愛的力量瞬間消失了！每一個人又回到了自己的狀態！

小奇看到喜歡的一位女同學，她好像很害怕回家。原來是因為，她爸爸娶了另外一個女人，那個女人對她非常兇，她每天回家都戰戰兢兢的。小奇看到她很恐懼，那份愛的力量消失了！她在受苦，他看得到！

老師呢？她也很慌亂地一直在想著：等一下回去要準備怎樣的晚餐？等一下要怎麼照顧孩子？要去哪裡接他們？所有的煩惱都回來了，那個愛的力量也消失了！

小奇又看到另一位同學，好像在懊惱著這次的成績沒有第一名，他想要永遠贏得別人的讚賞，想永遠都是冠軍，這讓他痛苦，他愛的力量也消失了！

天啊，所有人都回到了自己的狀態！

「那我呢？我是不是要朝樓梯走去呢？」小奇猶豫著。

現在，再也沒有吸引小奇、讓小奇停留在這裡的力量了！

第1階梯　發掘本能的力量

——發掘生命本能，體驗身為獅子的力量。

於是小奇往後走，登上了一個階梯，這個階梯，它是「力量」！

為什麼小奇知道？當他離開身體時，很驚訝，不知道為什麼，他竟然可以知道很多在十七歲小奇肉體時所無法知道的事情。

進入階梯後，首先小奇見到了一片無邊無際的沙漠。眼前一條粗壯的蟒蛇，正潛伏在沙裡往前爬行。

他感覺到自己的形體有些變化，那種感覺有些像：自己是空氣，逐漸進入跟人體不同的軀殼，使這軀殼充滿自己靈魂的力量。

小奇變成了一頭充滿戰鬥力的獅子。

◇獅子

現在我餓了！我很專心地在找我自己和家人的食物。那就是我活著的目標，全然獵物者的力量。

突然，我卯足所有前進撕咬蟒蛇的力量，不慌不忙地，我擁有並且享受了牠。

牠很美味，但我並沒有完全滿足，我搖晃著身體，輕巧地奔跑，再度尋找獵物。

乾燥的沙漠一望無際，我征服了這碩大的土地，我是獅子之王。

在動物的領域中，我們靠著威嚇與野蠻的獵物成果，顯現了何者是獅子之王。對我來說，凡是我要的，絕不可能失敗！

奔馳在沙漠中的我，飆速中，依然可以警覺周圍的一切。靈敏的嗅覺讓我知道小動物在哪個方向，我也知道，若我不放慢腳步，有可能會失去牠。我輕輕地緩了下來，依舊不慌不忙。

我的身體警覺地告訴我，獵物也正在防備我的到來。

我在獅子的身體中，以速度和感應力聚焦在獵物中，再度衝刺。照慣例，我贏了。然後尋找下一個目標。

遠方有一頭很驕傲的獅子，嘴裡叼著一頭豹，正在享受著牠的美食。

在我的視野裡就只有那個食物，豹是絕佳美食，我必須擁有這個食物。全然的力量又充滿了我的身體，非勝不可！

我非常迅速地往那頭獅子嘴裡的食物衝過去，我要擁有牠。我右手抓著他的眼睛，左手拿取他的食物，嘴巴咬著他的下顎，我戰勝他了，輕而易舉地，我又戰勝他了。

而我要對手消失，因為我征服了他，我不放手地從他的脖子咬了一口，我要確定他從此消失。

在獅子的生命裡，不是你死就是我亡，絕對沒有妥協，沒有任何道德，更沒有任何所謂的禮節。這就是我的力量，全然的力量。

我帶著這個食物回到洞穴裡，與我的家人孩子們分享。

每天晚上，我都不敢掉以輕心地守住洞穴，怕會有另外一隻想要征服我的野獸，輕易地奪取我的生命。

我愛極了這個擁有全然力量的感覺，這些讓我快樂，「身為野蠻獅子」的我，讓我快樂。因為我沒有對與錯，只有目標。當我在成為獅子的時候，我用盡了我所有的力量，就是「征服」與「食物」！

◇小奇

沙漠、綠洲盡在眼前消失，小奇離開了獅子的身體，像消了氣的氣球一樣。當他準備往回走，尋找階梯時，白長老出現在眼前。

祂帶著柔和親切的笑容問小奇：「獅子的經驗如何呢？牠也是一部分的你，牠跟小奇的不同是：牠用力量、身體和目標完成生命。」

「獅子扮演家人的保護者，牠不怕死亡後，他的家人也被另一頭獅子捕殺嗎？」

「我喜歡你的好奇心，我們繼續前進，體驗『何謂力量』。」

突然間，小奇被眼前一大片清澈的湖水之光吸引住。他口渴了，靠近湖邊，用手撈起湖水來喝。

在水面中倒映出的是小奇的臉，但在湖邊的小奇，正感同身受這故事的開始。

小奇知道，獅子之所以成為獅子，是因為牠有著跟人極其不同的狀態。牠並沒有人的創造力量，沒有受教育也沒有文字。而當「人」的意義是：和更多人創造一個共享的世界。就像這座湖一樣，它蘊含了整個生態系統，有水、魚、石頭、海草和各式各樣的蚌類，有蝦子還有正在跳躍的青蛙，就在這平靜的湖水中，每個生物有足夠的棲身之地。

小奇被自己這突如其來的想法嚇了一大跳，這些想法絕對不是平常的小奇會想到的事情！難道是因為小奇脫離身體，讓他的想法有很大的不同？

當小奇正喃喃自語的同時，白長老拍拍他的肩膀，指引他再往更高階梯前行。祂輕聲的說：「你會再次成為那隻獅子，藉由牠，去了解牠的生命。」

◇獅子

我又成為了森林之王，我跟孩子在湖邊悠閒地散步，搖擺著尾巴，非常優雅地享受這霸王之主的感覺。

我非常地喜悅，孩子也以我為榮。即使沒有任何朋友，即使所有人都沒辦法接近我，我的所有命令，他們還是會恐懼地去執行。就是這個感覺，讓我感覺高高在上。

突然間，草叢一陣騷動，森林失火了。

天啊！瞬間煙火瀰漫，包圍著我跟我的孩子……在這個湖邊，我們無法跨出火海，我該怎麼辦呢？我該怎麼救我的孩子呢？這裡有水，我可以把孩子丟到水裡，但他剛出生，並不知道怎麼毫無風險地去游泳。

不行！我要叫我所有同伴來救我們！

於是獅王開始狂吼，希望把同伴吸引過來拯救牠們，叫了非常非常久，火也越來越大！

獅王的同伴們其實就在不遠的地方，有幾頭獅子不清楚牠為什麼要用這怒吼的方式，牠們害怕的心想：「牠是不是在生氣？我們還是不要過去吧！」牠們不知道牠在發出求救信號！其中有一頭獅子，就在旁邊冷冷地看著這一切！

有的同伴認為，是不是我們威武的森林之王引來這個大火，在跟敵人戰鬥？所以我們還是按部就班不要動，先冷靜觀察！

其餘的獅子則是因為，在一般的情況下，是受虐於霸道的獅王統治，牠們只是靜觀其變，即使牠們知道，這個大火使獅王父子倆有生命危險！

獅王父子倆回不來，火會燒到牠們，牠們就會在那湖邊悄悄地死去！對於曾受壓迫的獅子們來說，也想要讓牠嘗嘗失去孩子與至親的感覺！

眼前，沒有任何一頭獅子上前協助。

我把我的孩子引入湖邊，準備衝出去，想辦法找出一條生路的時候，我被燒死了！

我是一隻被燒死的獅子。離開了獅子的身體，我看到同伴們並沒有及時來救我，枉費我平常在我的地盤裡保護著他們！他們不喜歡我，沒辦法幫助我，他們害怕我！我是森林的霸主，你們到底在搞什麼，你們在背叛我嗎？

我的妻子也來了，她非常善待我的同伴，她跟他們道歉！為什麼跟要他們道歉？他們內心有一個英雄，是最重要的啊！我即使讓他們妻離子散，也是因為他們不馴服在我的力量之下，我要讓他們知道，我是保護這個森林最重要的一頭獅子！

大火完全淹沒獅王所在的位置，火勢完全消融於平靜的湖水中，湖中的魚優雅地吻著海藻上的小生物。這座湖水的靜定，就如同活在另一時空中的小奇遇到的一樣，但倒映在湖鏡的是隻死亡的獅子。

在錯愕中，獅子吶喊著：「天啊！他們從來就沒有屈服在我的權威之下，我被他們騙了，他們只是在扮演我想要的他們，我錯了！原來我做錯了，我不相信！」

這就是獅子的一生。他再度離開了獅子的身體，回到了小奇。

白長老依舊溫和地站在他身邊，一句話也不說，陪伴著小奇繼續往前。

小奇見到了一扇白淨的門，直覺似的，他推開門走了進去。

◇小奇╳獅子╳同學A

此刻小奇正在學校的班級裡。這隻獅子本能的啟發，讓他擴大了超越身體感官的一種奇妙的變化。

當小奇要求老師，在這次學校運動會讓他帶領班上同學競賽的時候，他看到老師贊成的聲音裡面，內在對小奇有著質疑，一些無法信任他的聲音。這些聲音讓小奇非常驚訝，然後小奇也看到，同學沒有人相信小奇是一隻獅子。

「他們在嘲笑我嗎？這些來自於人的眼光和我頭腦認為的不信任與批判，真讓我受傷！」小奇無法大聲告訴他們，他擁有獅子之王的力量！小奇在人的意識中知道，他需要用行動證明，因為這些質疑讓他極其不舒服。

為了說服在場所有人，小奇再度帶著絕對獅子的意識，不再思考與面對這些人內在質疑的聲音或者是他們頭腦的淺見。他只知道，「我就是一頭獅子，而且我要贏！我要在這次運動會得勝，我要成為冠軍。所有人必須聽從於我，我是森林之王——獅子。」面對大家的質疑，讓小奇更卯足了力量，想要全力以赴。

最後，老師答應小奇了！小奇帶著這雄性的威武，要求每一位同學，在放學以後要有兩個小時的時間，跟著他參與這運動會的準備。

小奇非常享受這森林之王的感覺：他一個人的命令，所有人都要聽從，而且沒有別的方式。小奇告訴團隊所有人：我們只能贏不能輸。

當小奇看到一些同學充滿疑惑的時候，他憤怒了！他想要讓他們明白，獅子的本能是絕無遲疑、猶豫和退卻的，只有在目標設定以後往前衝，義無反顧地往前走。

小奇怒吼著，對著他們說：「如果你沒有十足的信心，請退出我們的團隊，團隊只需要完全準備好的人。」

有些人退出，小奇想：「太好了，他們根本不是獅子中的獅子，永遠不可能成為獅子。」所以他帶著團隊中僅有的一些、願意成為獅子的，一同往前走。

在每個訓練當中，小奇看到有些人，他們的體力或者身體本身，無法超越自己極限，他也當眾嚇阻：「這代表你天生的本能，你能超越的有限。」對於這樣的情況，小奇充滿著信心，決定也把他們屏除在外。

離運動會還有一個星期，小奇看著敵方也在努力，於是告訴他的團隊，必須想盡任何方式贏得對方，只要是可以贏的方式，全部都可以掌握並使用！

有個同學A，他非常聽從小奇指導，對他來說，小奇是他崇拜的對象。

某一天放學後，其他的隊伍也都在拼命練習運動會的賽跑，而A告訴小奇：「你看他們也在練習，可是我光是在練習的時候，就可以讓他們知難而退！你看吧，我不會讓你失望的，看看我如何去贏得這些目標。」

小奇告訴他：「很好，非常好，去吧！所有的戰局是不容許失敗的，即使從開始的練習、在起跑的時候，都刻不容緩的。你絕對不可讓自己處在鬆懈的狀態。」小奇是這麼地鼓舞他，因為他們是獅子。

A開始跑步了，他試著想要挑釁敵隊的隊員，跑過去跟他們說：「我們一定會贏的，你等著看吧！你看你，根本沒有準備好的眼神，你的眼神充滿著疑惑，你沒有目標，如何贏取這場冠軍？認輸吧！」A在跑過去的時候，用右腳絆了那個敵隊的隊員：「反正你會輸，你就提早認輸吧！」讓那個敵隊的隊員不小心跌倒了！

「對，這就是獅子的本能，這就是獸性的本能，只有贏、沒有輸！在森林的戰場，只有你死我活、你活我死，沒有雙贏這種事。而目標食物，不是我擁有、就是你擁有，絕對沒有分享。我是森林之王，你休想得到森林之王的位置。」A回來時，小奇看著他，知道他將會是一頭最兇狠的獅子。

為了逃避別人對小奇的質疑，小奇封閉起「人」在團隊中的溝通與理解。但其實他並不是真的獅子，因為他在「人」的身體裡壓抑了悲傷，他忽略了人的靈魂真真切切渴望愛與被愛的感受，而選擇了獸性。

就在這一秒鐘，小奇突然飄起了這個念頭：「這隻兇狠的獅子，有一天也會成為我的敵人。但是在這場遊戲裡面，我必須藉由他戰勝。

「獅子之王永遠會使用將來可能會超越自己的獅子，成為最佳工具；他要成為工具，我才有可能永遠都是獅子之王。而我是激發他，讓他看到自己有某種潛能的最主要的人，所以我藉由他去贏得這場比賽。但是我也必須保住我的森林。這場戰役裡面，這廣大的草原，我是唯一可以擁有的。」

正當小奇在想如何使用A的同時，還要確保自己的位置，即使受到A威脅的時候，小奇仍可看到了一道曙光——「我要讓他在幫我贏得這場冠軍以後，離開我的隊伍。」要達到這個目的，唯一的方式，就是A必須犯錯。

「就像是我當獅子的時候，奔跑去奪取食物，若不是我的妻子在遠方威脅那頭獅子的孩子，他不會輕易掉以輕心的被我咬住脖子而死亡。

「對，我必須讓A忽略了當下的專注，讓他犯錯。在明天的運動會上，在他成功之後，我必須讓他犯錯，如果犯錯了，大家將會對他失望！這樣，這個榮耀就會歸我！」小奇這樣想著。

明天就是運動會了。在下課後，小奇看到兩個柔弱的小女孩，她們是較低年級的。小奇走向那兩個小女孩，問其中一位：「妳有沒有看到那邊那個威武的男生？他是我同學，他想跟妳成為更親密的朋友，妳願意嗎？」然後又說：「明天運動會以後，他希望帶著妳去一個非常特別的地方。但是妳今天晚上就要開始準備了，晚上回家以後，開始寫日記，把對於這個人在追求妳的感覺寫下來。」小奇以A的名義寫了一封情書，交給小女孩，她也接受了！

隔天運動會正式開始，小奇知道他們一定會得到冠軍。因為，除了他對自己的教導充滿著信心，同時看到他們的內心：所有的隊員只有一個目標——勝利。但是同時小奇也看到，他們各自想要爭取榮耀的欲望……「這我是不會允許的。欲望？森林之王只有一位，不是你們，是我！」

那個強勁的隊友A，他果然戰勝，得到冠軍，而小奇是教練，他認為自己才擁有最終的榮耀，於是跟A說：「我告訴你，有一個女孩子對你很青睞，她希望，運動會以後可以跟你私底下見面相處，你願意嗎？她很崇拜你，去吧！而且她長得非常漂亮！」

A因為是小奇說的（他還是崇拜小奇的），他開始熱衷並且興奮。自從他得了冠軍以後，就得到許多的青睞。

「太好了，那我決定跟這個女孩子出去！」於是小奇看著他們兩人在放學以後走出了校園。

小奇這個獅子早就設下了所有的陷阱！他把限制級的書籍還有一些很猥褻的東西，偷偷地塞進A的包包裡！而當他們走在路上，準備去約會的時候，A打開了包包，不小心把東西掉了出來。

這個女生非常地驚訝與生氣！接下來那一刻，小奇當場看到這一切，趕緊隨即報告校方。於是他們兩個都被記了大過。

我是一頭獅子，對我來說，只有屏除想進入我勢力範圍裡的那些人，是我當獅子最高的榮耀。沒有任何人可以進入我的圈子裡，這是我的霸主之地！

◇小奇

突然間小奇醒過來，回到現實世界！他自問著：「這是一個夢嗎？」

小奇發現自己還躺在醫院裡，聽到醫生正在急救，但小奇沒有力氣睜開眼睛。

半夢半醒間，他感覺久未重逢的媽媽似乎站在旁邊？「我的親生母親回來了嗎？」

他再度確認，是媽媽。當她輕聲地問醫生情況時，小奇認出了那許久未曾聽到、但依舊熟悉的聲音……

小奇內心激動地吶喊著：「妳終於回來了！」如此溫暖平靜的聲音，小奇從不曾忘記過！

但小奇仍舊躺在床上無法動彈。他也聽到爸爸帶著現在的家人來。而爸爸跟媽媽是不交談的。

小奇試著勉強自己開口，還是失敗了。但心裡不停地吶喊著：「我在這裡，我在這裡，爸、媽！你們看不到我嗎？我剛經歷了好多好多的事情，你們聽不到我的聲音嗎？你們知道，我是森林之王，你們會以我為傲對不對？在那裡，所有人都聽從我，我戰勝了許多森林戰爭，我也拿下了運動會的冠軍。我會讓所有不忠於我的人，知道自己犯錯了。你們不以我為傲嗎？」

接著，小奇又不省人事了，最後聽到大家緊張地大喊：「心跳急速降低了！」他的意識又再度離開身體，遠遠地看著躺在床上的自己；小奇也同時看到，爸媽正為著病危的他，情緒激動地哭喊著。

◇紂王？

此時白長老還是不急不徐地帶著小奇離去，祂想再讓他看一些人類過往生命的經歷。

小奇看到自己身上穿著古代君王的衣服，自稱是紂王，喜歡隨便殺人……就像是那頭獅子。

小奇問長老：「我為什麼變成了他！他是我、我是他？」白長老笑而不答！

「我為了獨霸一方，殺害了多少人，就像這頭獅子一樣，而我最終孤苦的死去。」

白長老跟小奇說：「你來前面。我讓你看到的是整體靈魂進化的過程。從帶著這獅子的血液成為了人，經歷了所有生命本能、野性的力量，又再度體會了獨霸的感覺，感覺如何呢？」

小奇回答：「我很孤單，因為他們不喜歡我，我以為他們以我為傲、崇敬著我，可是原來他們從來就沒有馴服在我的力量之下。我不明白發生了什麼事，我該怎麼做，可以真正馴服他們呢？我現在感覺到失敗的痛苦！」

「我們再往前走好嗎？你走上這個階梯，再進入另外一扇門，你會有不同的感受。你需要把這些難受釋放出來，你的生命才會更輕盈！」

但小奇不捨得離開爸媽，急忙問：「我的爸媽為什麼看不到我？」

白長老敞開雙手，擁抱了小奇一下：「孩子，先不要問任何問題，你只要進入這扇門，生命自然會帶你走向你該走的路！」

第2階梯　從獨霸到互助，學會愛與慈悲

——即使對方是霸王，我也願意讓自己學會愛！

小奇打開門，進入了這扇門！

「啊！好多火，我好害怕，我就是死於這堆火的。我當那個古代霸王的時候，是死於火；我是獅子的時候，也是死於火……」於是小奇又衝回門外。

小奇高喊著：「長老！長老！長老呢？」

祂不見了，所有的路也都不見了，只剩下這扇門。打開些許門縫一望，竟是一整片火海，小奇驚恐地隨即把門關上。

「我該怎麼辦？我好怕火！我是死於火的。」

這時，有一個巨大的聲音對著小奇說：「你是獅子的時候，不是你死我活，就是我死你活，你為何怕這些火？」

小奇環顧四周，無法分辨聲音的來處，於是不悅的回應：「我並不是害怕死亡，而是死後讓我感到挫敗。我是獅子的時候，只有我和我愛的家人，我看不到其他人，不會痛苦，死亡代表榮耀。但是遇到火之後，我卻看到真正的他們，是這個讓我恐懼！」

這巨大聲音再度回應：「所以你其實是怕看到真正的自己。」

接著小奇倔強地坐在地上，祈禱白長老再度出現。

時間過很久了，仍無回應。

「你有聽到嗎？白長老！請帶我離開這裡，去找我的爸媽好嗎？我的媽媽回來了……我有話想告訴媽媽！」小奇起身用盡全力吶喊著。

四周完全沒有任何聲音，眼前只剩下那一道門。突然間，小奇感覺像是被硬逼著，幾乎要被吸入那一扇門了。

慢慢地，周圍的空氣開始凝結起來，小奇感覺到漸漸喘不過氣了，那個感覺有點像是被棉被緊緊的蓋住頭，並且包住全身！「我被綑綁住，沒辦法呼吸……我太難受了，沒有其他的路，只有這扇門……我快窒息了！」白長老不見了！小奇再也不是獅子。

那窒息感越來越強烈，眼前那道門或許是唯一掙脫的方法，小奇思索自問著：「為什麼要恐懼那一道火？對，我應該找回獅子的本能，我去找他們理論，去找我的同伴理論！」

即使小奇企圖讓自己回到獅子的勇氣，但過往的經歷始終使他更軟弱。他癱在地上，心裡想著：「在湖的另外一邊，我是否可以看到他們？我怕看到真實的他們！原來他們從來就沒有馴服於我的力量，這讓我太痛苦了，我不是讓他們依靠的那一位！」

就這樣，小奇無助地在這扇門外待了許多個晝夜，直到已經受不了這些空氣的擠壓，剩下一絲絲的氣息。最後小奇決定豁出去，讓自己進去這扇門接受考驗吧！

一打開門，火勢仍舊。閉上眼睛，絕境中不是死就是活，他往前衝去。

出乎意料地，小奇並沒有被火燒傷，眼前這個原本火勢洶洶的地方，已成為悄然無聲的一片空曠，沒有任何聲音，只見一片漆黑。

◇小奇

「這裡又是哪裡呢？」火消失了，小奇被背叛的憤怒，也瞬間像被火燒光殆盡。漫步在空無一人的黑暗空間，經過幾個黑夜，毫無聲響，就像被禁閉在一座無人島中，島周圍並不是海，是一片漆黑，沒有晝夜之分，只有死寂的深黑。

漸漸地，小奇感覺好孤單。他想起夥伴們，想念家人，想起小時候在草原中一起玩樂，當大家還是小獅子時！

因為思念，小奇開始擔心：「我害A被記大過，他是否會原諒我？我如果去找他，他應該會很生氣吧！可是我現在好想念他們，我沒有任何力氣對他們苛責、憤怒。我希望跟他們成為朋友！」

面對空無一人的荒野，小奇明白了團隊互助互愛的重要。這孤寂感雖然使他明白了愛，但恐懼也隨即而來：「可是如果和他們成為朋友，會不會有另外一頭獅子，我就必須馴服在別人的權威下？原本脆弱、需要被愛的我，並沒辦法完全接受這威脅，因為我就是那個權威！」

念頭一轉到此，漆黑空曠的空間，開始又變成了熊熊大火。小奇轉身往後快跑，火的溫度讓他再度感受即將被火燒死的感受。這再度重演的狀況，小奇需要的是夥伴的協助！

那巨大的聲響又再度對他說：「在靈魂世界裡，你所想、所要的，便會如實的創造出來！是你創造了這場火！」

隨著奔跑中，小奇終於深刻的體悟，於是大喊：「我真的明白了！」他對著白長老大喊著：「即使對方是霸王，我也願意讓自己學會愛！我需要白長老的力量，協助我找到這裡的出口，這樣我就可以出去找到他們了！我要跟他們說，我錯了。」

瞬間，火勢消失了！小奇又回到空曠且空無一人的場景。

危機消失後，小奇看著周圍，想著：「我會像一頭孤獨的獅子留在這裡多久？我在這裡能稱霸自己嗎？我真的做錯了，我沒有朋友，『神』，祢可以幫我找到出口嗎？可以請求我的朋友原諒我嗎？我需要朋友，我想要告訴他，是他強而有力的力量讓我倍感威脅，他的力量讓我恐懼，所以我傷害了他。但是從今以後，我願意跟他做真正的朋友！」

這時候，白長老終於再度出現了。祂帶著微笑：「你看那頭獅子，最後也是需要同伴的幫忙。如果牠當時不是以霸道的方式去展現自己的力量，而是允許牠們也可以展現自己的力量，牠就不會葬身在那個火窟裡，牠的孩子也就不會被濃煙嗆死。這樣你明白了嗎？」

小奇頻頻點著頭：「我知道了，我想重新來過，請帶我離開這裡！白長老您是神嗎？為什麼我呼喚神的時候，您就出現了？」

白長老用手輕輕地撫摸著我的臉頰，輕聲地說：

「我是你內心的天使、內心的神，我無所不在。當你需要幫忙的時候，你可以很誠懇地叫我，我就會回應你。但是，當你沒辦法明白你生命真正意義的時候，我就不會回應你，我會尊重你所有的選擇。」

小奇疑惑的追問：「尊重我所有的選擇，這是什麼意思呢？」

白長老笑著說：

「人類是創造生命藍圖的主要掌舵者。攻擊、傷害、威脅是人類的本能，人類誤以為，求生本能就是先為自己畫起安全堡壘。但經歷了剛才那道門，你會發現，是人類自己創造出威脅和危險，那是假象。但是愛卻使人勇敢與獲得資源，你看，你選擇了愛，所以我受招喚出現了，火也消失了！」

白長老輕輕地拿起祂的枴杖在小奇眼前一劃，如同電影畫面一般，一個接一個緊湊的劇情，在他眼前快速演繹而過。

◇獵人

小奇看到他住在很遠國度的一棟房子裡。他有著外國人的長相，而且有家庭和一個孩子，小奇一眼就知道，他就是A。

小奇走向那棟小房子，要去找他，每一步，小奇已忘記自己獅子的能量、獅子的意識。

小奇突然感覺自己是一個勇者，經歷了生離死別、很多同伴的背叛、很多失望。他現在是一個很勇敢的獵人，生活在歐洲的某一個國家。

我非常以他為榮。在此世我們是最好的朋友，我拿著弓弦，帶著獵到的兩隻兔子，想要和我的好朋友分享。

我走過去的時候，看到他和家人處得很開心。

我看著他的時候，總有一種說不上來的虧欠感，可是卻又好喜歡這個朋友。我很熱心地把獵到的兔子分享給他們全家人。

他是一個很優秀的獵人，這一天，我們一起到森林裡，打算獵取山豬，也說好，看誰可以先獵到一隻山豬！

白長老用拐杖再度朝天空一劃，祂轉身看著小奇，用非常期待、要再繼續觀賞的眼神，笑咪咪地用拐杖點了一下他的頭。

小奇就像是從觀眾席離席走進電影畫面中，漸漸幻化成獵人中的一員。「小奇」又像第三者，在某個意識空間中觀賞；但同時空中的「小奇」，卻對獵人的所有思緒與感受如身歷其境。簡單的說，從「客觀」變成「主觀＋客觀」。

兩個獵人一早就相約到深山裡面，展開今天的狩獵競賽。他們各自騎著馬，分頭去尋找自己的獵物。

小奇看到，自己在馬上是如此的興奮：「我非常樂於與同伴享受這種挑戰性。如果可以，我願意與同伴分享我所有的榮耀。」

這天天氣不是很晴朗，我走進右邊那條路，路有些顛簸。

我今天騎的馬名叫小波，牠一出生，我就將牠買回家。為了牠，我還特地改造了房屋四周，讓山谷中的水源可以流向家門口。於是，青草隨著流水的方向，在周邊茂盛地成長著。

我愛小波，有牠陪伴，讓我感覺十分安全。牠既體貼敏銳，也十分堅強穩健，牠是我見過感應力超凡的一匹咖啡色駿馬。牠總比我先感應到獵物所在方向，只要獵物一在當前，牠總會緩慢停頓下步伐。

我總形容小波的鼻子如同靈敏的偵測器，當牠嗅到對手了，在完全停下後，牠會將頭往右側斜擺，搖擺牠的尾巴，輕跺前腳，再將牠的身體側向獵物的方向。我得到牠的指引後，拉出手中的弓弦一射，總是百發百中。

就在此刻，牠突然緊急停止前進，步伐一煞，我狂妄的拉出弓弦，同一時間，又射中了兩隻兔子。

我們興奮地開始了今天的競賽，山豬！請現身吧！

好友騎著牠的「呼嘯」，牠全身是淨白的。之所以有「呼嘯」這個稱號，是因為牠以速度聞名全鎮。呼嘯狂奔的時候，牠會以速度讓獵物震懾，以獵物為圓心，不停地繞圈圈；同時，在馬上的獵人，會迅雷不及掩耳地快速射下所要的獵物。

我在另一個地方聽見呼嘯開始狂奔，就如同一匹猛獅般；好友如印地安酋長，拿著弓箭唱誦著咒語。

說實在話，小波的靜定與呼嘯的狂野，如同深山裡的交響樂，一靜一動。或許我們不用以競賽來一決勝負，就可以激勵彼此，但我深深相信，我們在造物主與大自然的護持中，過著永不挨餓的生活。

正當小波和我還在尋找主要獵物時，我們進入一道兩側是山壁、狹窄而荒廢的小徑，走了許久，還是無法找到路的出口。

突然間，小波停住腳步，我抬起頭，看到在不遠的草堆裡有一位不速之客……是匹灰黑色、體型壯碩的大野狼！

我隨即用眼角瞄一下四周：兩側皆是山壁，唯一逃生的路是往後回衝，但小波並沒有任何迴轉的空間，我不可能拋下牠獨自求生。

很明顯的，我們無法逃生。我們同時感覺到，這匹野狼很有敵意，牠的雙眼非常銳利而發亮的盯著我和小波！

雙方還在猶豫誰先動手時，小波退後一步了。牠感應到什麼嗎？牠甚少有驚恐反應，即使我們遇到大黑熊，牠總是以靜制動，以示友善。

我的信心有些動搖了，我本能反應，應該可以用弓箭射殺牠的，但今天，這銳利的眼神快速地刺穿我。突然間，我被野狼篤定的攻擊威勢震懾住。

恐懼慢慢侵襲著我和小波，那是一個很不尋常的感受，不祥的感覺。一瞬間，我感覺我的力量全部都消失了，就像是被邪惡魔法操控一般。牠設下了魔法陣，而魔法一點一滴地使我們軟弱。在沒有任何理由和抵抗中，獅子的力量完全瓦解了。

當然，求生的本能會使我的頭腦持續判斷：我應該奔向牠，把牠碎屍萬段？還是我應該成為一隻非常無助的羔羊，任牠撕咬？

我沒有做任何動作，因為本能、理智輸給了軟弱。

「當生命體在失去強勁的中心與信念時，頭腦是無法戰勝所在的困境的，因為你已讓恐懼取代了造物者的信念。」

恐懼與力量之間正不停地拉扯，牠的目光彷彿看透我內心的軟弱。

或許牠沒馬上採取攻擊是因為，我的軟弱碰觸到了牠身為生命靈體的慈悲。牠保持警戒的注視著我。

我失去了一個獵人應該有的狠勁，我從以前，對萬事萬物根深柢固的信念是：一個獵人在打獵的時候，重要的是如何一箭射穿牠，讓牠們不會痛苦地立即死去。

這一秒鐘，野狼的慈悲也或許是「我期許牠是如此對應我」罷了，我對未知感到恐懼。

我表示不殺害牠，緩緩地放下手中的弓箭，也制止正想往後方轉身的小波，以示友善。我非常明白，即使我們往後逃跑，也活不了的。

正當我們僵持不下時，好友歡呼自己獵取到一頭肥碩的山豬。他應是拖著獵物朝我們靠近，我們的確需要他的協助。

我全身無力，已經無法拿取任何東西，而且就要從馬匹上跌落下來了！我心裡知道，若跌落下來，我必死無疑！

這時野狼還是沒有任何行動，牠就是冷冷地看著我。

我完完全全成了牠的獵物了嗎？牠似乎如此地篤定！

突然間有個突如其來的聲音告訴我：

「臣服於死亡，你不再是野蠻的獅子，你正在感受身為獵物本身。」

於是我做了一個反常的舉動，我決定讓牠靠近我，我讓自己成為牠的目標。

我軟弱了自己的力量，臣服於死亡。

當我看著自己想要成為野狼目標的時候，我似乎可以明白：我「曾經當獅子」或「曾經想要擁有某個目標」的時候所產生的力量，它是如此地震懾人，它是如此地讓人畏懼。

而我成為目標的時候，我也明白了一件事：是我自己選擇成為獵物的，是我自己選擇準備被撲倒擊垮的，攻擊者與被攻擊者都是我自己的選擇！

我為何如此選擇？造物主教會我明白一件事：當我已決定成為目標、被奪走生命的時候，我已經明白何謂「奉獻」，全然成為目標本身！

而在困境中，我削弱了力量，我把生命奉獻出來給牠。我從中深刻地學會了慈悲，牠也同時學會了愛。生命輪迴後的牠，也會演進成為有愛的生命體，因為牠明白了造物者正在教導的——慈悲。

我現在唯一可做的是：想像牠是否也跟我一樣，就在那一秒鐘，瞬間結束我們的生命，並且不讓小波受盡折磨。

我用柔弱的眼神告訴牠：如果你是一個全然的力量，你將不會使我們痛苦。我們之間的關係，將讓我們一瞬間便體會了極致的痛苦，而那個痛苦，也瞬間隨即消失。

正當我完全臣服，默契已建立在這慈悲之上。我放下所有武器，跌落在地上，我告訴牠，我沒有任何力量可以反擊「祢」，來吧！

我死了！小波成了牠的獵物！

這匹狼非常慈悲的展現牠最大的力量，牠沒有恐懼的對應我，迅速地咬住我的脖子，我深深感謝牠的慈悲。

接著，我的朋友趕了過來，看到正準備轉身離開的野狼。我的朋友看著我的死亡，他拿出弓箭，一箭射中野狼，野狼的生命也一瞬間消失。

我們選擇了獵人這個職業，它跟生死有關。他看到當下我沒有任何掙扎的讓野狼奪走我的生命，他非常驚訝！

他很安靜地抱著我，他沒有流淚。因為他明白，這是我們三個之間完成的故事。而當下的那一刻，他也完全明白，在沒有掙扎之下，生與死也都是我選擇的，而他也輕易地取得了野狼的生命。

◇小奇

當他死後，脫離獵人的狀態後，又再度回到了小奇。小奇簡單地跟白長老描述，在身為獵人和死亡的場景中所看到與感受到的。接著小奇毫無控制能力地抽蓄著身體，哭了！

白長老緊接著告訴小奇：「你的朋友在那一世，再也沒有獵殺任何一隻動物，他選擇回到世俗的生活，不住在山林裡，他放棄了獵殺生物。」

小奇用手擦乾了眼淚：「為什麼呢？為什麼他不再成為獵人呢？這個故事帶給了他什麼？」一邊問問題的同時，白長老已經帶他到另一個入口。

祂打開了們，請小奇進去。

第3階梯　何謂真正的力量？

——力量是要展現高度的，生命就是有輸有贏。

白長老轉身看了小奇一眼，接著順口問起：「是否還記得上回在醫院睡夢中，你回到班上成為運動員的過程呢？」

小奇很快地點頭，「我記得我傷害了我的夥伴！因為我帶著獅子的意識展現力量！」

白長老說：「我們用另一種角度去創造運動員的力量，你再去體驗，從獅子意識提升後的你！」

小奇遵守指令往前走了三步，電影畫面活生生地出現在白長老與小奇面前。接下來，小奇又回到了先前的班上。

◇小奇╳同學A

他們一樣在準備著運動會，小奇看到自己是輔佐A去完成這個團隊的角色。A是隊長，小奇是一般的球員，A當隊長的時候，非常冷靜也非常友善，他不控制大家。他一再強調：「要相信冥冥之中的安排，輸跟贏都不是我們的重點；重要的是，我們是否有讓自己全力以赴、讓自己的心放在更遠的將來。

「每一場比賽都是有贏就有輸，所以每個球員在鍛鍊之中，都要明白，贏跟輸是同一件事情。輸的非常敞開、無愧於心的時候，它就是一種力量；贏就要贏的充滿正義和廣闊的胸襟，那贏就是真正的榮耀。贏的人也有可能在下一場比賽隨即會輸。其實運動就是輸與贏，輸與贏都在我們的世界裡面，它是隨時可能發生的。」

若不是因為小奇剛剛看過獵人與獵物的故事，一定不理解A的說法。而當時小奇輔佐他時，對他所說的，既模糊又無法真正實踐，所以小奇只是帶著一種很表淺的明白，就是：「輸跟贏都沒有關係！我只要全力當下，輸跟贏都沒有關係……」

小奇心裡納悶想著：「這就是平常心嗎？」所以今天球隊比賽開始的時候，小奇一直告訴自己要平常心，輸跟贏都是一樣的。於是小奇非常努力地去打球，打到一個非常緊急關頭的時候，小奇知道大家期待他可以得到最後關鍵的三分。

其實，小奇並沒有真正明白輸跟贏之間的真實意義。

小奇在打球的過程裡，看到防守自己的球員，眼神就像那一匹狼，令小奇非常害怕，他猶豫著：要放棄嗎？就如憶起前世，小奇曾徹底地戰敗過，並未記取教訓扭轉乾坤！

小奇用「保有平常心，因為輸跟贏都在我們的世界」，去肯定了自己對失敗的記憶。

就在這一刻，小奇的好朋友A，也就是隊長，對裁判喊了暫停。小奇下場的時候，A看著小奇，也跟野狼有一樣的眼神：

「你在做什麼？」

「我在努力！」

「你在做什麼？因為我看到了你沒有全力以赴！」

「我非常地努力，希望做好自己的責任。」小奇不懂他在說什麼。

「你看看你自己現在，你的手在發抖，你膽怯了！」

隊長的雙手握緊小奇的手，篤定地告訴他：「全──力──以──赴。」

隊長那雙支持、堅定的雙手，如同一道神賜的力量，透過他穿越過小奇。神的慈悲，在那幾秒鐘裡，再度重新喚醒了獅子的全然意識，開啟了小奇所有的力量，瞬間消融過去經驗帶給他的恐懼與怯懦。

眼前的對手已不再是銳利野狼之眼，而是一雙人類的雙眼。此刻，小奇戰勝了自己！

那一場球賽，最後小奇戰勝了。

◇小奇

電影畫面停止後，白長老看著小奇：「我想為這故事再做點補充說明。

「如果在還沒有成為野狼之前，就選擇了成為一個失敗的目標，你將永遠不能明白什麼是目標，你將永遠不知道，這匹狼為什麼要看著你，將你視為目標！因為，你還沒有真正在力量展現的過程裡，懂得何謂愛！所以，讓你自己先成為一匹狼，允許別人的力量跟你一樣，但是你們用各自獨特的力量和各自獨特的天分，這才叫做全力以赴！」

小奇讚歎地點點頭：「明白，我懂你的意思了！平常心並不是認輸，而是：我沒有把我的潛力發揮到極致的時候，我在還沒有成為獵人之前，我就成為獵物，我就永遠不知道獵人跟獵物是一樣的一件事情！在我還沒有成為和你匹配的勇氣和力量的時候，我就沒辦法和你在同一個水平線去展現輸與贏。

「而我必須提高我的能量到跟你一樣程度。充滿士氣的時候，我也擁有獅子的力量，這就是我的過去、我的潛在需要發揮的能力，我不能抛下，我不能恐懼！我不能因為我前世的傷害或失望，而受困於如此大的恐懼。是這樣的意思嗎？」

白長老再次強調：「在每一刻，你都要明白，輸與贏是一瞬間的同一狀態，同一個點延伸出的兩個面，但你必須先跟它在同等高度。」

小奇學會了力量與同等團隊的愛，還有尊重別人展現力量的可能。即使小奇是那個死亡的獵人，他還是真正的贏家；即使那隻狼已經死亡了，牠跟小奇一樣，也是真正的贏家。所以這場遊戲裡面，沒有勝與敗，都是贏家！

「這階梯的門是要我知道，何謂真正的力量，是不是？」

白長老收起祂的權杖，呵呵的大笑三聲：「是的！一個人曾經展現完全的力量而不顧他人的時候，他就會進入了一個學習——要顧及他人，卻不輕易地成為失敗者。你必須學習，讓力量成為一個高度的展現，有輸有贏這就是生命，這就是你要明白的！」

小奇跳著腳，興高采烈地：「我懂了，謝謝白長老，我學到了！」且不放棄地追問：「那為何我的獵人朋友之後再也不打獵了呢？」

「因為他在那場野狼與獵人的死亡中，他已看到了死亡的完美呈現！」

過一會兒，小奇想起了剛剛在醫院那非常短暫的停留，他想起了媽媽。

「我的媽媽、爸爸還在病床邊看著我，我可以回去告訴他們，我很好嗎？」

白長老瞇起雙眼，很神祕地，安撫人地：「不！我還有好多事情要分享給你，孩子，往前走吧！我帶你去第四階梯，這第四個階梯，只要閉上眼睛，你絕對有力量可以進入。我們進入你靈魂的下一個階段去探尋好嗎？」

白長老指示小奇深吸一口氣，閉上眼睛——

第4階梯　體驗實現夢想

——當你放下了對黑暗的批判與排斥的時候，愛便會提升。

於是小奇閉上了眼睛，感覺到身體有一股非常暖、非常暖的力量，從腳底正在往上揚升，這股力量充滿著愛。

白長老說：「小奇，你正在體驗靈魂轉世成為人類的感覺！好神奇，就像電影中切換場景一樣，但有著比電影更身歷其境的效果。」

小奇驚歎著叫出聲音：「哇！這真是一個繽紛絢麗的世界呀，這裡的世界好有趣喔！各式各樣顏色的光球，好多色彩繽紛的遊戲人偶，他們在歡迎我嗎？這根本就是一個迪士尼嘛！有好多人扮成各式各樣的動物和卡通造型，這是同樂會嗎？還是一個很大型的遊樂場呢？他們在慶祝什麼？是聖誕節嗎？這太有趣了，這階梯的開始就充滿著歡慶的喜悅呢！」

小奇迫不及待地準備進去這扇門，打開了門一進去，就發現，這是一個好特別的山洞，山洞的上方飄著好多好多的光點。

「那是什麼呢？是螢火蟲的光點嗎？」小奇好奇地問。

白長老告訴小奇：「那些光點是一種很特別的力量，會幫助你們完成夢想。在這廣大空曠的山洞裡，有著很多人的夢想，每一個光點都代表著每一個人的夢想。」

「是這樣子啊！那我的夢想在哪裡呢？」

「你看，你的夢想就在左上方那裡！」長老指著上頭的一顆星。

小奇看了幾秒鐘：「奇怪……為什麼我的光點一點都不亮，上面有一團黑黑的東西呢？」

「因為你的夢想停止了！」

「我的夢想停止了？我的夢想停止所以就沒有光亮？」

長老笑著說：「你小時候的夢想是想成為一個醫生。你長大讀書以後，又想要成為一個科學家。現在你躺在病床上，大家還在急救你，所以你的夢想停了！」

小奇停頓了幾秒鐘，若有所思地問：「那我有可能再擁有我的夢想嗎？」

白長老點點頭：「若你想要！」

「我還有可能活過來嗎？我生了什麼病？」

白長老並沒有回應小奇的提問，而指著前方：「你看！那邊有一個夢想光球，你有看到嗎？那個夢想若隱若現，有時候有，有時候消失！」

「對，但它跟我不一樣，我是暗的、停止的，它是有時候亮有時候灰色的！這又是為什麼？」

白長老指示小奇跟著：「讓我帶你去看那個人的夢想吧！那個光球代表一個小女孩

的故事。」

白長老嘴裡唱誦起咒語般的詩歌，雙手對著光球。不一會兒，光球飛過來，緩緩地停在白長老的雙掌之間，於是小奇輕輕地飄了起來，白長老要小奇隨著祂祈禱：「祈求讓我看看那個女孩的夢想，請造物主顯示這個女孩的一生！」

◇女孩

當看到這女孩沒有雙腳，小奇喃喃自問：「這是為什麼？」

慢慢地，從畫面中，小奇再度看到，她行動不方便，沒辦法說話。

「難道她是一個殘障不能動的人？她是植物人？不！她有意識，因為她醒來了，用右手按了一個按鈕，就有人進來，將她扶到輪椅上。這個夢想若隱若現的小女孩，她有著怎樣的夢想呢？她看著窗外在玩耍的小朋友，難道她的夢想是站起來嗎？可是她不可能站起來啊！」小奇自問。

長老說：「你再仔細看，她真的想站起來嗎？」

「好像不是。她有輪椅，她還是可以行動的，她看起來也不是那麼悲傷！」

「你為什麼覺得她是悲傷的呢？你為什麼覺得她是需要站起來的呢？」
「因為我覺得，這樣的人應該會希望像我們這樣，可以行動自如吧！」
「你再看，她在做什麼？」
「她跟照顧她的人在下圍棋！」
「是的，她的確是一個很優秀的圍棋手，甚至也已經得到了無數的圍棋獎牌！她得到很多的榮耀，但這並不是她自己喜歡的事情，她做這些事只是因為別人給她一種觀念：身為殘障者，必須要學習一個技藝，才不會次人一等！所以這並不是她真正喜歡的事情。
「她內心真正想要做的事情，是讓很多小孩子都能夠實現夢想。但是因為她從小殘障，讓她必須勉強自己成為某方面的強者。她從小被賦予了這樣的期待，所以她做這件事，表現自己的智力是高人一等，她也真正得到了成績。
「但是，你看她那夢想的星光裡，她只想單純地做一件事。她可以感受到，許多人即便擁有正常的雙腳，也可以正常的說話，他們卻還是那麼恐懼於實現自己！她想協助人勇敢尋夢。」
突然間，這小女孩的內心世界透過這光球，像是透過揚聲器般，播放了那夢想的聲音：

「我是一個小女生，即便沒有正常雙腳，也沒有辦法說話，只能做一些很有限的事情去擁有榮耀！如果這些人知道，擁有榮耀是如此的簡單，但是完成自己的夢想卻是如此的難，以及尋找自己的熱情是如此艱辛的時候，他們就會需要像我這樣的人，去告訴他們追尋夢想的重要。」

小奇聽完後，問白長老：「這是一件很好的事，那她為什麼不起身去做這件事情呢？」

「這就是為什麼你看到她的夢想星光一暗一亮的原因。因為她停留在一個狀態：她希望父母因為她而開心和放心，所以她並沒有去實現她的夢想。

「為了實現夢想，她可能需要離開這個家，可能需要走到更遠和更多的地方，可能照顧她的人需要協助推著她到各個地方去分享。但是這也需要更多的力量。

「由於她想要引導別人認真去尋夢，走出生命光彩的路，但這樣的夢想是如此抽象以及未被落實，導致從來就沒有人相信過她的夢想。即使她寫文章來告訴別人，她想要成為幫助別人尋夢的協助者時，大家就會覺得：這孩子真可憐，她一輩子都不可能做到這些的。所以你看她的夢想沒辦法閃閃發光，因為她已經被決定了，她不可能達到這個夢想！」

星星傳遞完以上的訊息，自動歸位到祂所屬空間。

白長老繼續補充說明：「但她堅強的心智與智慧，仍舊在影響與她共同走完生命劇本的夥伴們！所以你持續可看到偶而發光的星星。」

小奇也跟著白長老到更上層空間，看著這布滿星星光球的地方。他決定成為其中一顆星星的生命，去體驗第四階梯之門。

「讓我選擇其中一顆來體驗，可以嗎？我渴望感受更多人的生命。」小奇說。

「當然沒問題，小奇，可以選擇你所想要體驗的光球。我送你去那個地方。」

小奇指著其中一顆光球：「白長老，那顆粉紅色、最亮的光球，它不會一暗一明，代表的是什麼意思？」小奇指著在他成為的那顆星星旁邊，一顆粉紅色的星星！

「你想過去看看嗎？你想要成為光球，去感覺她是如何實現夢想的嗎？那顆最明亮的光球，她是如何走在她人生的道路上嗎？」

小奇點點頭：「是的，我想要去體驗這個生命。」

白長老如剛才的方法，將光球握在兩掌之間，要小奇也伸出雙手擁抱這顆光球。

一瞬間，小奇感覺自己已經進入了那顆粉紅色光球的生命體，心裡充滿好奇的期待著：這會是一個什麼樣的生命？什麼樣的夢想呢？

小奇同時進入光球蘊含的人物中，一邊把感受到的分享給白長老。

小奇變成一個擁有很多財富的婦人……感覺她內心很平安，是一個懂得知足的婦人！富有以及擁有光鮮亮麗的外表，但內心卻保持十分樸素。

小奇即將完全的成為這個婦人，很平靜地看著發生在她眼前的每一件事情。

◇仕蓮

這時候，仕蓮正開心地縫製一件她的小狗在冬天要穿的衣服，嘴裡哼著民謠，身旁正煮著一壺熱水，熱水旁有個大杯子，裡頭放了些杏仁粉。

這是一個飄雪的冬天，外頭十分寧靜，她哼著的歌曲正好襯托出小鎮的安寧。

仕蓮一個人住在這房子裡，在所有一切看似平靜之下，她的雙眼中，依舊透露著些許遺憾與悲傷。

她一邊縫製，似乎被某件事情占據了原有的平靜……突然間，手被針扎到了！同一時間，外面突然出現很大的緊急剎車聲，她開始感到焦躁不安！

仕蓮打開門時，看到兒子建常，全身溼答答，非常狼狽地站在門口。

建常對著仕蓮說：「媽，給我一些錢，警察來了，我要逃走。」

看著建常求救的雙眼，仕蓮回想著：建常從青少年開始，長期在外偷竊。他雖然在很好的環境成長，卻出現不被社會認可的習性。他把偷來的東西屯積在家裡，卻不使用，他似乎不是為了擁有它們，更不是因為貪婪令他沉迷。他也為此進出警察局好幾次。

每次仕蓮給了建常一筆錢，接著他會消失好幾個月，最後總在他最危急的時候，仕蓮再用錢幫他解決問題。

今天她很認真地看著建常，猶豫著是否要再繼續給他錢，還是讓他為自己的生命全權負責。

正當思索著該如何回應時，隔壁的老先生衝了出來，阻止建常，同時警告他：「離開這裡，不准再來要錢！你是否有看到你母親的手已經受傷？」

仕蓮一句話也不說，轉身進屋拿了一筆錢，語重心長地告訴建常：「這是我最後一次能做的了。」

建常隨即轉身開了車準備離開，在離開前，隔壁老先生試圖阻止他，卻反而被狠狠地推了一把而跌倒，並造成老先生頭部撞擊門邊的石頭圍牆，而昏了過去。

仕蓮快速地衝出來，跪坐在門口地上，雙手抱著老先生。

小鎮初雪的寧靜，已完全被建常淹沒！仕蓮急忙聯絡救護車，將老先生送醫急救。與老先生同時坐在救護車前往醫院的仕蓮，頭腦裡不停思索著：「我是該保護建常，還是讓他自食惡果呢？」

車子經過某個十字路口，一堆人圍著路口。在經過時，仕蓮看到了建常，雙手被銬著手銬，兩個警察將他押入車內。

建常看著救護車經過，與媽媽四眼相交。他用悲傷的臉龐看著媽媽，似乎在隱隱告訴她，我多麼渴望「被愛」。

老先生其實已經報警了，從這個地方到鄰鎮只有一條路。

仕蓮記得她小的時候，有一天，她陪家人來到醫院。她坐在急診室外的塑膠椅子上，看到一個老先生坐在輪椅上，對著她微笑，她很深刻地記得這位老先生和藹的眼神。

老先生親切地對著她說：「小妹妹，妳為何來醫院啊？這麼多病人，這個地方有很多的細菌和病毒，不要待太久喔！」

她記得自己對著老先生說：「那為什麼這些醫生叔叔和護士阿姨可以這樣幫助別人呢？他們也不怕細菌和病毒啊！我跟他們一樣，也是白色的天使，我長大也要像他們一樣，照顧生病的你們。」

此刻仕蓮在同一家醫院，恰巧也坐在這急診室外面。

回想著這小時候隨意脫口而出的小夢想，雖然到了二十幾歲，因為一些原因，她沒有選擇當醫生或護士，但她還是選擇了一個非常美好的職業。她專職去領養在世界各地沒有父母的小孩，她當時就知道，這些小孩，無論是身體殘障、罕見疾病或唐氏症，是極少有人願意領養的！

在她二十幾歲的時候，因緣際會接觸了救援這些孩童的基金會，她在裡面擔任行政人員。因為她家境十分富有，無須擔心自己的生活費，單純的想做自己發自內心意願從事的職業。

在行政工作中，她發現，這些孩子的親生父母即使有金錢的能力，卻一樣無法有更好的知識去教養這些孩子，以至於無形中，這些孩子們已被社會放棄了。

她記得那時候，有一所醫院打電話告訴她，有兩個小孩天生有疾病，父母親申請棄養，但目前無人願意收養，他們想詢問基金會，是否願意收養這樣的孩子。但基金會基於現實考量而拒絕了！是在那個狀態下，讓她內心有股衝動，好想幫助他們。這些孩子的父母即使有了基金會協助，卻依然無法擔任起教養責任。

她在二十五歲時，毅然決然告訴她的父母親，她需要一間房子，她想要自己成立一家孤兒院，幫助這些小朋友。

就這樣，她在二十五歲，當起了最年輕的院長，就從收養這兩個小孩開始。

當她第一次見到這兩個孩子的時候，一個是才剛滿月的唐氏兒，另一個稍微大一些。她抱著這兩個小孩，心裡有股說不上來的感動，深深地自覺彷彿是她們的親生母親，是如此的親近。稍大一些的那個孩子，有些腎上腺素的問題，所以也需要花非常多的心力去照料！

這個由她孤軍成立的孤兒院，漸漸地，有許多相同理想的夥伴們逐年加入，一直到她退休時，已是個頗具規模的孤兒院了。

那位唐氏症小朋友只活到八歲，便離開人世。

她在照顧唐氏症的孩子時，有個很奇妙的體悟。孩子在這八年中，即使身體隨時需要人協助，靈魂卻一直維持著那份純真、樂觀與開朗。她常自問，這八年的時間，這樣一個孩子的人生目的與使命，到底是什麼呢？

隨著生命的流逝，經驗累積，日漸稍長的她終於明白了！這些孩子扮演了一個很重要的角色——「照見自己」的一面鏡子。

從這些孩子身上，婦人總如此教導在孤兒院受訓的工作人員：「當你見到有身心障礙的孩子，你不用帶著悲憐看向他們，請你收起這份悲憐與同情，去發現自己的愛與力量。在這裡工作，你得到的比給予還多，因為你會暫時將自己的煩惱忘卻。」

仕蓮深刻體悟，接受到這些孩子的支持與感恩，力量是很強大的，而這也是支持她一直從事這份教育工作的力量。

或許別人會不斷問她：「照顧這些孩子，不會很辛苦嗎？他們都是有疾病的小孩，需要很多耐心照料。而且與他們相處，不會有失去希望的沉重感嗎？」

她總是回答詢問者：「我回家會遇到家庭上的問題，生活上有情緒上的困擾，我與伴侶也會有爭吵，也常會有不同意見而互相傷害。但跟這些小孩在一起的時候，我得到最大的能量支持，就是這些孩子感恩的心。

「感恩的力量是如此的強大，每天我來孤兒院上班時，接受這些如天使般的孩子無時無刻的加持。我回家時看著家人，我便可以明白，寬恕與包容是永久生活在一起的關鍵！每當我望著他們一雙雙純真無暇的眼睛，無論有多大的辛苦與挫折，我都可以釋懷了！」

◇小奇

小奇好奇地問白長老：「她如此善良，為何她的孩子會是小偷呢？」

白長老說：「每個人再度輪迴，一定會有個特別安排的功課，讓他們更精確與深入明白『合一』。」

對小奇來說，「合一」這個詞太陌生了。「合一，什麼是合一？另外，輪迴指的是再重新過一生的意思嗎？」

白長老點點頭，「我很樂意用一些時間解釋合一和輪迴。

「合一，簡單來說，代表的意義便是『水』。你可以輕易分開水中的水滴，讓它們各自獨立嗎？除非你用了兩個容器將水分開。水在兩個容器，表面看來是兩盆不相干的水；但你敲碎容器後，他們必定會順著流，匯集成為一道流水。靈魂現在住在你的身體，看起來跟別人完全不相干，但身體若死亡後，就沒有區隔，便會匯集在一起。」

小奇還是似懂非懂：「那為何要分開？既然沒有身體，那就以靈魂存在，我就不會生病昏倒，也不會有身心障礙的人，更別說會有小偷存在了！」

「你是不是想知道為何有輪迴？如果都是一片水，宇宙就是合一的，何必分化成人、動物呢？我用很簡單的比喻讓你更明白。

「如果宇宙是一片光，那能襯托出宇宙光海的，便是身後那一片寂靜的黑暗，這是光與影的道理，缺一不可。所以，我們變成人，是同時要學習光明與黑暗，有快樂就有悲傷，有愛就有恨，有給予就有被給予，有憤怒就有包容……等！

「而人的身體讓靈魂展現了這光明與黑暗的兩部分，就有了更全面的體驗。即使，小奇你看到一個人手腳不健全，產生了憐憫或悲傷，那是因為，宇宙藉由他人喚起了你，喚醒你曾經是和宇宙合一的！」

小奇很興奮地回答：「就像我現在沒有身體，我就沒有了病痛，也沒有與他人產生的各種狀況，我更靠近宇宙了！」

白長老笑著調侃小奇：「真不愧是小奇，有小奇就有奇蹟！」

小奇大叫：「那我們趕緊接著看婦人的一生吧！」

◇仕蓮

仕蓮四十五歲那年，她打算跟夥伴宣布，辭去孤兒院院長一職。起因是：她的兒子建常常進出警察局，她自省著，這些年因為自己工作忙碌，而忽略了這個孩子。

她無法理解的是，她對建常也有著相同的愛，但他卻總是帶著許多憤怒、厭惡和對這個世界的批判，而成為社會問題製造者。她很深的感觸便是：開孤兒院照顧了這些小朋友，上帝卻給了她一個造成社會事端的兒子。

她回想建常第一次進入感化院，足足待了兩年。每星期她都抽空去看建常，但他總是拒絕她的探訪。

她不知道怎麼親近建常，而且可以深刻感覺到建常對她的仇恨與敵意。她不知道怎麼去贏得建常的信任與愛，她只能在他急需金錢的時候感覺被他需要。所以每次到感化院，她會託人交給他一筆錢，對她來說，這是唯一他願意接受的。

仕蓮坐在急診室的外面，雙手握緊，為隔壁老先生祈禱健康外，還請上帝透露智慧指示她，什麼是她正在學習的功課？

突然間，她看到小時候遇到的那位老爺爺正坐在她身邊，一樣用充滿著溫情的眼神看著她：

「有時，妳正在實現夢想的時候，同時也會感到有遺憾。而那個遺憾往往是提醒妳：愛一個人或幫助一個人，妳或許會感覺開心，妳樂於他們需要妳的全力照護；但當妳用一樣的愛去對待另一個人，卻得到對方敵意的拒絕與排斥時，妳的靈魂是要告訴妳一句話——仇恨也是一種愛！

「如果面對仇恨時，妳還能保持愛與觀看，能保持更大的愛，不祈求他回饋妳感恩與愛的眼神！妳看到的是他身後最深內心的慈悲與脆弱，妳就釋放了他的仇恨。」

她喃喃地唸著：「原來仇恨也可以是一種愛！我的孩子沒有回饋我感恩與愛的眼神，這些讓我痛苦；若我可以看到他內心的苦，我便可以明白他的愛……這是什麼意思呢？」

老爺爺笑而不答。

她試著去回想，她此生對誰是不諒解卻充滿愛呢？她馬上想起了她的爸爸。

在她三十幾歲的時候，有一天在回孤兒院的路上，她看見爸爸單獨一個人，往一個很偏僻的方向走去。她叫了爸爸兩聲，他沒有聽到，只看到爸爸抓緊了衣服急急忙忙離開。

於是她尾隨爸爸，突然間看到爸爸腳步停在一個小屋面前，打開門，是個駝背、年紀很大的老太太。

她看到爸爸，馬上以訓斥的語氣大喊：「為何這麼晚才來？我等很久了！」

爸爸馬上把手中的食物、衣服、金錢趕緊交給她，她一拿到東西，便很大聲地把門關上，碰一聲！爸爸被趕走了。她看到爸爸抓著帽子和外套，很急忙地離開！

過幾天，她偷偷摸摸地進到爸爸的書房，拼命想找出一些線索。意外地在一個鎖緊的抽屜裡發現一把槍，下面有一張紙條，寫著：「王先生，若你不想讓你的家人知道你和我的妻子有染，請每個月將一筆金錢和食物送到這個地址，主人是個老太太。我命令你照著我的話去做，自己親自送去。否則我會將你的醜事告知村鎮裡的每個人……這把槍是用來：若你不遵照，就等著自我了結吧！」

她看完這封信，納悶地想著：為何要送這把槍？爸爸跟這個人的妻子有染嗎？

突然間，她聽到爸爸回來的關門聲，她急忙把抽屜東西收好，趕緊從書房裡走出來。

在那一刻，看到了很崇拜的爸爸，她竟然有些擔心！

她試著問：「爸，前幾天我在往學校的路上看到你，你去哪兒呢？我叫你，你沒聽到呢！」

爸爸眼神顯現了不安，接著防衛地看著她：「我去散步，怎麼了？」爸爸眉頭緊縮，不願意多談地往書房走進去。看到爸爸並不願意坦然告訴她真相，她不放棄，緊跟著爸爸，想要追根究柢！

她大喊著：「我看到一把槍！」

爸爸背對著她，全身微微顫抖，轉身並且很生氣地說：「為何貿然進去我的書房？」

媽媽正要從大門口進來，爸爸試著平息自己的怒氣。

在離開前，他看著仕蓮的眼神是憤怒且夾雜無助的。從那次以後，他們再也沒提及此事！當仕蓮明白爸爸拒絕和她溝通時，心完全碎了！

婦人坐在醫院喃喃自語，就像夢中對著坐輪椅的老先生描述自己——

從小到大，爸爸無條件支持任何我想做的事情。當我開孤兒院時，他一直鼓勵我，

要有愛心的包容這些孩子。

在我心裡，他是個慈愛的爸爸，正直友善。我曾經如此崇拜我的爸爸，那一瞬間卻瓦解了我對他的信任——爸爸竟然有著另一個世界是我不清楚的！我們之間愛的流動不見了。

回想著自己年輕時，沉浸在自己認為擁有一個光明磊落、充滿愛的家庭。於是當自己知道爸爸有個不為人知的祕密時，我覺得自己也不完美！我竟然再也沒辦法像以前，坦蕩蕩、無條件的，包容與愛護我的家與孤兒院的孩子了！

我的內心深處，彷彿有道魔鬼的門，正悄然打開！我開始對我的家、對我的孤兒院孩子少了某部分的信任。

我望著她們純真的眼神，我竟然開始質疑，他們這些天使般的面貌只是表面，但實際上，他們趁我不在的時候，摔碗盤、難以控制的咆哮、侷促不安、大聲哭泣和憤怒地傷害同伴。

他們並不是我表面看到的這麼純真。當我用不信任的眼光看著他們的時候，魔鬼之門開啟了我的憤怒與疑心病，我甚至懷疑，爸爸賺來的金錢都是骯髒侵占而得來的。

這也是我之後決定辭掉孤兒院院長職位的原因之一，這孤兒院長期受爸爸的援助，讓我覺得我也是個魔鬼，做這些善行只是為了洗淨我魔鬼的惡行面具！

在我離開家的前一個晚上，我質問爸爸，到底發生了什麼事情？

爸爸抬起原本低著的頭，憤怒含恨地看著我，對我說：「我受夠妳折磨我的眼神，夠了！我不能保有我自己的生活嗎？」

我不理解，他可以在背叛我們的同時，還要求我給空間，在背叛我深愛的母親之後，還理直氣壯請我尊重？

「你背叛這個家，你背叛媽媽！」

「若妳要知道一切，我可以告訴妳，但是說完我們就再也不見面。是妳不容許我擁有這個祕密，所以妳也不准帶著我的祕密繼續住在這個家裡、帶著批判我的眼神與我共同生活。」

當爸爸要開始說的時候，我抓狂似的飛奔進我的臥室，我不願意聽，我太害怕了，我帶著行李奪門而出，之後就再也沒有回去過那個地方！

之後爸爸也從來沒有清楚的解釋，那把槍的由來與那個女人的故事。

媽媽在那幾年間過世了，即使過世前，爸爸仍然專注的照顧媽媽！

我與爸爸的仇恨，因缺乏溝通越來越深，深到再也不願意看見彼此的眼睛！

母親死後把所有積蓄留給了我，我很感謝她。

直到幾年後，我聽說爸爸過世了。

就這樣，從我離開家裡到他死亡，我們都未曾聯繫過。

突然間，畫面回到了坐在醫院的仕蓮。她從夢中驚醒，發現自己坐在急診室門外，看看周圍毫無一人，也沒有坐輪椅的老先生了。

原來是一場夢。這場夢使她想起，她曾經那麼地愛爸爸，直到她發現這個祕密而對他產生了恨，因為至愛而產生了至恨！……所以，她的兒子也是因為愛她而演變為恨嗎？那這個恨是因何而起呢？

她試著回想，兒子青少年剛上國中的時期，有段時間請求媽媽陪伴他上學，她總拒絕，因為孤兒院當時非常需要她。為了服務社會，她放棄了個人的生活責任，把孩子託付給了隔壁的阿姨。孩子那時紅著眼、流著淚說：「我害怕去學校。」她當時因為忙於孤兒院，真的疏忽了這孩子的求救。

那段時間阿姨也跟她說，孩子每次回家，腳上有不少瘀青。問孩子，孩子隨口應答說是打球摔跤的。那時仕蓮並沒有仔細追問，因為與爸爸的經驗中，她恐懼孩子是不希望被詢問過多的，她選擇了尊重孩子。

仕蓮回憶起這段往事，她直覺這是孩子轉變的關鍵點。但到底發生了什麼事情？他害怕什麼？

在這事情之後沒多久，孩子開始酗酒、抽菸、打架、偷東西……

醫生這時從急診室出來，報告說，老先生一切平安，休息後便會回病房，仕蓮高興地一直向醫生道謝。

她在病房陪著老先生一天一夜，直到老先生緩緩地甦醒。

老先生輕聲的叫著她：「仕蓮，妳怎麼會在這裡？建常離開了嗎？我們怎麼會在醫院呢？」

仕蓮告訴他：「你是因為被建常打傷，而被送來醫院急救。」

仕蓮想起建常，趕緊問老先生：「你太太當時照顧我的孩子，她有跟你提過，這孩子國中時期發生了什麼事情嗎？他那時身上總有一些淤青……」

老先生嘆了一口氣：「我們一直都沒告訴妳這孩子的事情，是考慮到，孤兒院需要你全力的投入，這是個偉大的事業，怕妳分心，無暇顧及那些可憐的孩子。

「妳的兒子建常在十幾歲的時候，遇到了一個老師，這個老師對你的孩子百般苛責。有一次我太太陪他去學校後，並沒有馬上離開，她看到老師大聲斥責建常把水桶打翻，把他抓到廁所門口，接著她竟然看到，老師用棍子不停地鞭打著建常。

「我太太告訴我這件事情，我們原本要想辦法幫助這個孩子。但這孩子跪著求我們，不可以告訴任何人，包含妳。我太太每每都有衝動要去告發那個老師，但最後還是忍住了。所以即使發現那個老師的殘暴，當時我們真的沒有足夠的智慧去解決這件事，直到他學校畢業。整整兩年裡，他受盡了委屈。」

仕蓮說：「接著建常就去學校住宿，我更沒在他身邊了。他對我的恨，應該就是那時我的疏忽。」

老先生說：「我們一直覺得很抱歉，看到他又回來跟你要錢，就像遲來的管教，我因為自責而上前責備，希望讓他明白，可以停止傷害自己的媽媽。」

仕蓮又說：「所以我的孩子……我明白了，您先休息吧！」

她明白了一些事情。仇恨和愛是同一回事，就像她對他爸爸的愛，與她無法包容她爸爸的祕密而產生的恨，其實是同一件事情。

她想：孩子對她的恨，可能再也無法彌補了！

造成他最大的憤怒，應該是：我眼裡只有那些善事、光明和夢想，卻忽略了至親的黑暗面也需要被安撫與包容，而我用金錢來滿足他，更是下策。就像是我的爸爸，他需要的不是滿足我的疑惑，而是我未曾思考或體諒他隱瞞的原因，我因被拒絕，而失去了對他的信任，並對他產生了恨。

仕蓮的痛苦並非來自於爸爸背叛的行為，是她認定也要求了爸爸，必須擔任完美形象。

她的兒子讓她反思到：生命的負向呈現，是為了提醒她所見不到與對自己不夠包容的部分。若她內心更信任爸爸，而收起被拒絕的挫折感；建常請求她協助時，她更能從容的看待問題……就不會因為與爸爸關係間的傷口，而逃避面對親生孩子。

仕蓮明白了，唯有增強愛自己的能力，自己充滿愛的光芒時，才能提供給予。

過去孤兒院的一切，看起來是提供幫助，但事實是，仕蓮藉由這個愛的夢想，懂得如何去愛。

◇小奇

小奇回到了原本的星空，走出了粉紅色星光，白長老則站在身邊。

他問長老：「故事還沒結束？接下來呢？這母親的人生這麼坎坷，為何她的星光是閃亮的呢？」

「用旁觀者試著看這個母親，你看到她有什麼感覺呢？」白長老說。

小奇說：「她是個善良、願意付出的偉大靈魂，但她卻無法兼顧成為好母親與好女兒的角色。在我看來，有時候是因為，沒有人在適當時機提醒『她的孩子需要協助』的狀態，也沒人告訴她，如何去處理她與爸爸的心結，三個人失去了真正溝通。」

「小奇，我們再繼續去看更早前她爸爸與媽媽的關係。」白長老笑著回答。

其實媽媽早就發現那把槍和信了。爸爸因為錯誤而導致其他人的威脅，媽媽為了保全爸爸的性命，選擇了慈悲地包容爸爸正在經歷的，讓事情自然發展，不涉入過多。

白長老說：「就像你看到的，仕蓮的星光是如此閃耀，那是因為，她在人生的最後幾年裡，明白了很重要的功課：所有她對爸爸的情緒、她付出照顧孤兒院孩子獲得良好的情緒，包含被支持，其實都是同一件事情。

「若她的孩子與爸爸沒有用負面的態度回應她，她絕對不會看到：在所有美好的表面背後，往往有難堪、無法揭露的黑暗面。當她學會包容一體兩面的情緒時，她才會真正進入她的孩子，瓦解恨。就像她媽媽選擇了慈愛對待爸爸，選擇了良好的信任。她若揭露了丈夫，或許丈夫會有性命危險，她也明白，丈夫是為了保護這個家而隱藏了祕密。

「仕蓮遵循自己的心去創造夢想，生命卻有意外事件，讓她無法與自己內在的黑暗割捨，而這往往是最親近的人會給予的課題。最親近的人所給予的課題，往往也剛好是人們最不想面對的。」

而在這第四個階梯裡，白長老想要與小奇共同分享的是：

「小奇，當你展現個人力量的時候，有可能會忽略了自己或其他人最脆弱無助的地方，以及無法自我接納的黑暗力量！我不是鼓勵你發揚黑暗力量，而是要你明白，當你放下了對黑暗的批判與排斥的時候，那個愛便會提升。同時你無法單純地認為你愛別人，然後別人就會回報同等的愛。

「當你進入第五階段，你會更明白，何謂無條件的愛！第四階段讓你看到情緒的考驗。人總是想要追求一切美好的，或是怨恨一切不美好的，而生命總還是會赤裸裸地呈現那不美好的部分！

「智慧就是：保持良好的心靈去對待兩者，醜陋與美麗都是相同的。當面對醜陋、憤怒和暴力，所需要的是不同質地的愛，如此你將會更深入的體會愛本身。」

小奇充滿疑惑的問長老：「我不是很明白，白長老，難道仕蓮要繼續支持孩子偷竊嗎？」

白長老說：「不，當然不！建常不會因為偷竊而感到開心，沒有人會以傷害他人成為自己的夢想！所以，最終只有一個方法可以療癒他們，那就是『無條件的愛』。我們一起去看看何謂無條件的愛吧！」

第5階梯　學習無條件的愛

——無條件的愛教會了我們，沒有人的故事可以輕易被忽略。

當正要進入第五階梯之門時，白長老對小奇說：「這次我不陪伴你了，你自己去感受，去吧！」於是把一顆鑲著一枚五芒星的彩色水晶球交到小奇的左手心裡，告訴他：「它對你有特別的意義，你會需要它的！」一說完，長老便隨即消失。

◇小奇

帶著這顆球，小奇上了第五階梯，這個階梯沒有大門。

但他一踏上階梯，隨即很快速地往下跌落，就像從山頂往山谷下墜一樣，速度非常快，快到看不清周遭的影象。最後墜落在一個軟軟的草坪上。

等小奇回過神來，發現是墜落在一輛載著草、正在前進的馬車上。

天氣非常晴朗，溫暖的陽光灑在身上。隨著馬車聲摳摟摳摟的，小奇轉身看到的是一匹棕色的駿馬。

不遠處的路上，一個老太太跟小奇熱情地打著招呼，小奇也回應的打了招呼，但是他並不認識那個老婦人。

小奇喃喃唸著：「白長老這回是不是忘記讓我成為這個新角色了？我變成仕蓮時，

我就是婦人。這次我還是小奇？祂們忘記把我變成這個人嗎？」

正當小奇喃喃自語帶著疑惑時，抬頭望見這裡迷人的風景，有著鮮豔多彩的花朵、紅黃色的樹葉，以及清晰可見遠處重疊的山巒。

彷彿早忘記白長老並沒有陪在身旁，他還是繼續向白長老轉述所看到的：「這裡的天氣真好，周遭的景色真是漂亮，這是哪裡呢？路上都是外國人耶，房子也是歐式的建築，有著紅色的屋瓦！」

這時馬車在老太太面前停了下來，駕駛馬車的人也呼喚小奇趕緊下來，他呼喊著小奇的名字：「Rofe 趕快下來，我們要準備燒這些草，好讓大家準備晚餐。」

他們說著不同的語言，不是使用中文，但小奇可以明白他們的語言。小奇跳下車，對於自己的新名字是 Rofe，充滿新鮮感。

接著大家一起進去那個小木屋，小奇跟著進去。屋內全是現代化的家具，但好奇怪，這裡卻還有馬車，而且是燒柴火煮飯。好奇妙的一個地方。

「我是 Rofe，我回來了！」小奇張開嘴，竟然自動說起他們的語言。

◇Rofe

前面有一個樓梯，有個壯碩的老先生正從樓梯下來，大概七、八十歲，樓梯對他來說，似乎有些窄小。他調皮的對老先生喊著：「我是 Rofe！」

老先生笑著：「今天怎麼這麼愉快啊？你有把稻草運回嗎？你看起來很開心喔，跟平常的你不大一樣！」

「跟平常不同？我平常是什麼樣子啊？」

「你有時候會悶不吭聲，哪有這麼爽快的跟我打招呼！」

「爺爺！我今天是很開心啊！」（小奇驚訝的想著，原來這個人是我的爺爺！）

他在這個房子裡到處參觀，這裡美好的天氣，讓他感覺很舒爽。爺爺打著他的屁股要他快去幫忙做菜。他搔搔頭，納悶地想著：「我並不會做菜啊！」但當他張嘴不只說著這裡的語言，還非常輕快地說：「我馬上去做！」

他找不著廚房，靈機一轉大喊：「奶奶，妳在哪裡？」

奶奶說：「Rofe，你回來了？怎麼這麼晚啊？」

隨著聲音傳來的方向，Rofe 很快地飛奔到廚房，拿起了桌上的菜，迅速的把根莖去掉。

奶奶一回頭吃驚地說：「你為何把根莖拔掉呢？今天怎麼回事啊？」

Rofe 支支嗚嗚：「奶奶，對不起，我忘記了！」

奶奶看著 Rofe：「你今天很奇怪！」

Rofe 與這家人度過了一個美好的夜晚。他喜歡這個家、喜歡這裡所有的家人。

當他準備要睡覺前，打開房間的窗戶，這個小閣樓可以看到外面很多美麗的房子，感覺就像童話世界一樣。

◇小奇

這裡跟我的國家很不同。第五階梯是天堂嗎？我感覺一切都如此美好。在這柔軟的床上，我好享受這一切。

睡覺後，在夢裡，我又再度與白長老相遇，又回到了第四階梯，我內心有些抗拒離開第五階梯。

仕蓮的故事中有許多的對與錯、你和我、愛與恨、包容遺憾和很多混淆的情緒，讓我無法真正理解。長老告訴我，這次不再扮演母親的角色，要讓我扮演愛偷竊小孩建常，進入他的內心世界。

我更抗拒的告訴長老：「我不願意離開第五階梯這美好的感覺，更不想要成為建常！我在Rofe的角色裡，如此地幸福與滿足，請讓我再停留一些時間吧！」

越是抗拒，我越快速的變成了建常。場景一轉換，我正被關在警察局裡，坐在地上感覺很悲傷。

◇建常

我腦子想著媽媽，我怨恨她。我不在乎她在別人眼裡所做的事有多偉大，我只能感覺到，在我最需要媽媽的時候，她只在意其他人。

我感覺自己被遺棄了。即使在警察局，我多麼希望媽媽勇敢地告訴我停止偷竊，勇敢地帶著我離開警察局。她不曾責備我，更別說在我面前失望的看著我，她不敢與我的目光交會。我多麼渴望她看著我的雙眼，喝止我這所有離譜的行為。

媽媽默默地承受，因為她的沉默，讓我更感覺我不受她重視與在意，或者之於偉大的她，我只是讓她蒙羞罷了。她的世界就是那些生病的孩子，她的沉默是要提醒我，要體諒她正在做偉大的事情，為這社會服務。

而我似乎沒有能力體諒她。這種「沒有能力體諒她」的能力，正是我不想選擇「她所期待的我」的主因，我叛逆的選擇另一條路。

小奇正寫著建常內心的感受，寫著日記，寫著寫著，便睡著了。

隔天清晨，警察叫建常起床，告訴他可以回家了，告訴他：「下次不要再犯了！你還年輕，重新來過，這些行為對未來都不好。你還年輕，法律不會嚴懲你，但你傷害其他人的同時，你也未曾因此開心。」警察拿起他身旁的日記。

待在監獄的每個日子，建常每天的功課就是寫下內心的心得。

小奇感覺這個孩子內心是很單純的，他單純地渴望母親的關愛，對母親的憤怒與期待母親認真的看待他，都是同等對愛的需求表現。

警察隨意翻起了日記某一頁，唸著：

如果我的媽媽約束我，像那些警察約束我一樣，我會知道我對她是如此重要。我永遠不可能有這麼大的耐心去包容這些生病的孩子，所以我不符合她，在她心裡，我也不重要！

在我十三歲的時候，發生了一件改變我生命的事情。我無意間看到，我的老師非常淫穢的傷害我喜愛的女孩子。從那時候開始，為了保護心愛的她，我默默承受老師對我的暴力。

隔壁阿姨清楚老師對我的虐待行為，她卻不清楚我深愛的女孩被老師更嚴重的侵犯。我不理解老天為何讓這些事情發生，太不公平了。

而媽媽看不清楚這一切。當天晚上我和媽媽用餐時，我問她：「當妳最愛的人受傷了，妳會怎麼做？」

媽媽隨意的問：「你最愛的人受傷了？孩子，把心思放在最重要的事情上，我們不可能只保護跟自己有關的人、事、物。」

於是我問：「什麼是最重要的事情？」

媽媽一句話也沒回應，轉身去處理他孤兒院的事情。

我當時很無助，我沒有能力保護我心愛的女孩，老師不斷地傷害她，她才十三歲。

媽媽更關心的是她的孩子們，當我告訴她，我內心最愛的人受了傷害，她更在意的是那些值得被更多人憐憫的孩子。

我的確沒有那廣大博愛的心，我恨我的老師，他不斷恐嚇我，讓所有老師與同學誤會我，我很需要幫助。

隔壁阿姨有天晚上很認真地問我：「老師為何要這樣打你？我幫你處理這件事情。」

「請你不要告訴我的母親。」

阿姨是明白我的，她一向很尊重我的世界，這是我與隔壁阿姨的默契，一起保守這個祕密。

兩年後，隔壁阿姨過世了，她是知道我有個祕密，卻不過度涉入的唯一一個人。她因病過世，我的世界再度被摧毀，我一無所有。

我心愛的女孩，自從被老師凌辱被我撞見後，她深怕我將這個祕密洩漏出去，而視我如敵。只要我多看她一眼，她便覺得我瞧不起她……

◇小奇

在夢裡的小奇，清楚扮演著幸福的 Rofe 與這需要愛的青少年建常。兩者的不同之處是：一個接受著滿滿家人的愛，一個是渴望母親的愛。

白長老輕輕地將小奇脫離建常的內心世界，指引他更深入的學習另一種「愛」。

他繼續在另一個時空的夢鄉裡，經歷小奇班上的另一故事。

夢中小奇回到班上，精疲力盡，他仍舊持續感受著上一個故事中的悲歡離合。帶著這個悲傷，他再也沒有力氣扮演獅子、領導，更沒有力氣去挑戰，他只想在他的內心世界好好的待著。

經歷過這麼多生命體驗，他沉默了，他現在渴望有個人可以讓他傾訴內心的悲傷。

小歡是他的同班同學，活潑熱情，常會與小奇聊天，陪著小奇一同回家，一起到書店閱讀。在這些奇特的夢與經歷裡，他總看著小歡心想：「她是個好開心的女孩，如果可以擁有她的開心，如果她的開心可以救贖我的悲傷，如果我的悲傷因為她而消失……那就好了！」

因為她的開心，讓小奇愛上她了。小奇想要她分享他的悲傷並且幫助他，他想要分享與擁有她的開心，當然也希望她因為他而開心。於是小奇鼓起勇氣跟小歡說：「我們可以交往嗎？妳讓我好開心，妳真是太好了！」

小歡看著多愁善感的小奇，覺得自己被喜愛，滿足於被需要的價值感。她心裡也覺得：「這麼特別的男孩子青睞我，那我也會是個特別的人。」她滿足於被一個人如此重視，「對於他而言，我是如此重要。」

他們交往了，他們開始傾訴各自內心的焦慮與痛苦，小歡也開始把她內心不為人知的祕密花園交託給小奇。

小奇好驚訝，私底下的她，不是他想像的快樂，是個有著很多故事的女孩，她喜歡帶著陽光面對人，但內心卻是個不快樂的女孩。

隨著時間，他們彼此認識更深了，於是發現他們很多內心竟然是一樣的。這種相似的感覺，使他們覺得在一起好幸福，他們有著一樣的悲傷、一樣的開心。愛情使他們互相探索彼此相同的內心世界。

又再持續一段時間以後，他們還是得面對彼此的不同。

小歡開始會要求小奇起床時間、幾點打電話給她、幾點要一起去哪裡、不可以做什麼事、要聽她的話否則她會不開心。

小奇不理解，以前在一起的默契，還有很獨特與相似的感覺，正慢慢消失，他被小歡限制了。相同的，他也想要求小歡，給他一些空間，尊重他交朋友的自由，小奇需要與更多朋友交流，去尋找他們是否也和自己有著一樣的感受、一樣的世界。

小歡憤怒指著小奇：「我們正在失去原本純然的默契，你變了！但是我們可以再努力，不是嗎？」

小奇大喊著：「我也需要有其他的朋友。」

小歡搖著頭哭泣的說：「你只屬於我！」小歡撇頭就走。

他們吵架了，小歡故意跟班上其他男孩子有更多的交流。

小奇也開始感到不舒服，他懷疑那個男生可以跟她分享的勝過於他。為何那男同學的一舉一動令她更開心？小奇又重新看到，最初認識小歡時，在她臉上所展現出那陽光般的笑容。

小奇生氣的想著：「那個笑容是我的！不是別人的！」於是他就像一隻討好馴服的狗，走向小歡。他對她示好，他想向別人展示並且警告，這個女孩是歸屬於他。

當他們尋找彼此相同的地方與結合的重大意義時，他們之間的快樂卻越來越少。直到有一天，他們決定不再交往了。

小奇帶著更多的悲傷，他好失望，覺得他又回到原本的孤單，甚至多了小歡背叛他的悲傷。

「我不重要，我不再令她開心，是其他人令她開心。」小奇自覺他沒有能力擁有愛情，挫敗的認為自己缺乏能力去愛一個人。

他們從嚮往愛情到失去愛情，現在，甚至互相漠視對方。

小奇想起了建常：「我們是一樣的，是悲傷的，失去愛情，失去被信任，失去被依賴的感覺，失去使人開心的能力。我的悲傷被她人感覺是重擔，因為我，對方的喜悅也消失了。對！建常深愛的女孩不願意看到建常，是因為他發現她最醜陋的祕密。建常越來越不快樂，把這個祕密從此放在很深的心裡面。」

學校畢業以後，她毫無音訊，但他對她的愛從來沒改變過，那是他真真切切喜歡過的女孩。

小奇帶著感傷，緩緩地又回到了白長老與他的時空。

他看著白長老：「失去被愛的感受是一樣的，不同的故事，感受卻是一樣強烈。」

「由此我們也可明白，每個人的生命經歷可大可小，但失去愛與被愛的支持，是一樣令人悲傷受挫的。無條件的愛教會了我們，沒有人的故事可以輕易被忽略。」

白長老安撫著小奇：「繼續回到建常的世界裡，我們去更深入探索愛的世界！」

◇建常

建常正從警察局大門走出來，警察問他：「你願意鼓起勇氣讓你的媽媽看這本日記嗎？」

建常看著警察，告訴他：「我媽媽不會在意這些，她只在意她的小孩們；她更在意的是，我需要擁有更大的胸襟，照顧社會生病的人。這些已經都不重要了。」

之後，建常離開了這個城市，再沒有回到他母親的家。

◇仕蓮

在辭去院長一職之前，仕蓮來到了先前囚禁建常的警察局，警察將建常的日記交給了她。

看完這日記，仕蓮嚎啕大哭。她的確過於專注在那些生病的孩子身上，她覺得自己真的虧欠了這個孩子。

她非常自責，自己以這群生病的孩子取代了她內心的悲傷，所以她拼命的給愛，拼命的照顧他們，想要遺忘自己內心的悲傷。如同爸爸拒絕她進入爸爸內心世界去明白他一樣，她也是被拒絕的。

這個母親喃喃地說：「我當初並不是為了責備我的爸爸，我只是想要明白他發生了什麼事情，是否背叛了媽媽？我被完完全全封閉在外，我對爸爸的憤怒如同兒子對我的恨一樣！我對這群孩子真的是無條件的愛嗎？我錯了，原來這並不是無條件的愛，他們只是滿足了我內心的悲傷，我在他們身上看到了自己的悲傷，我過度用力，都只是為了滿足我自己。」

她抬起頭看著警察說：「應該是放棄孤兒院職務的時候了！」

◇小奇╳Rofe

小奇因為椅子掉落地上產生的撞擊聲，而從夢境裡驚醒過來。

「Rofe，起床了！」奶奶在樓下大聲叫喊著。

小奇起床望著窗外，馬上發覺自己又再度成為那個幸福的小孩。於是他趕緊穿好衣服，雀躍地跑下樓，一下樓開心地大叫：「好豐盛的早餐喔！謝謝奶奶，謝謝爸爸！」

小奇在 Rofe 的身體裡享受著美好的早餐，心裡想著：「他們是誰？好開心的家人，他們到底是誰？他們跟另一個故事有何關聯呢？」才剛在心理準備即將問白長老的問題，幸福美好的家人場景停格了。

◇小奇

小奇又回到第五階梯的入口，白長老出現了，像遠觀讀心術般，帶著神祕口吻跟小奇說：「你還搞不清楚發生什麼事情對吧？這是個溫暖幸福的家對吧？」

「嗯，他們真的很幸福，我也願意給予他們最深的愛。」

白長老說：「來，小奇，我跟你解說這個故事的來龍去脈！

「你看這個老奶奶，前輩子就是那個收到一把槍和一封信的爸爸；而那個矮矮胖胖、和藹的爺爺，就是那個帶著恨的女兒（仕蓮）。他們這輩子成了一對夫妻。

「你看到那個駕著馬車帶你回家的爸爸沒？就是那個婦人（仕蓮）的兒子建常，他這一世也是一樣是她的兒子。

「而你是誰呢？你就是他們三個人再度相遇的幸福種子。他們把你帶到人世間，你是他們的天使，你當這個孩子的時候會感覺很幸福，因為在他們很痛苦的那一世生命裡，你是他們所有人的指導靈。你看著他們經歷各自生命的苦，帶著很多的愧疚離開他們的身體，再度投胎到這個家庭裡。

「而他們在再度投胎之前，在靈魂層面見到了彼此。他們重新看了自己的故事，終於明白了對方。於是他們之間做了一個決定：當我們再度投胎的時候，讓我們學習『無條件的愛』吧！

「你是他們的天使，你來成就他們的幸福。所以當他們死亡的時候，想要無條件的愛對方，放下自責和責備對方的憤怒，就有可能再度投胎，成立另外一個很幸福的家。他們正在學習『無條件的愛』。」

小奇很疑惑：「是這樣子嗎？他們都不必償還他們曾經造過的因果嗎？他們有如此多的憤怒，真的不用再重新經歷嗎？」

長老微笑：「這就是我想要告訴你的。如果你們在生命最後一刻，決定用愛去包容所有的夥伴們，神會幫助你去提高生命的頻率。我們不是地獄，不是來逞罰你們的，我們是來告訴你，如果在死亡那一刻，你們有所明白，妳們就可以有所選擇。你看那個青少年，偷過這麼多東西，他的內心是如此悲痛，所以他是在自己的地獄。你知道嗎？不是神處罰他的來世，而是他已在那一生裡處罰了自己，你懂嗎？」

小奇依然疑惑：「是這樣子嗎？可是這家人在這一世是如此融洽與美好。我無法聯想他們在過去世中有如此多衝突，這跟我想像的不同。」

白長老拿起拐杖朝天空一劃，指著眼前幻化出來的畫面：「小奇，你看仕蓮和爸爸，他們在雙方死亡時候見面了，在當下完全明白，為何對方有那樣的情緒了。」

爸爸靈魂告訴她：「我是妳的爸爸，我在妳的這一生中是讓你痛苦的人；但在靈魂裡，我是要讓你學習無條件的愛。」

而仕蓮看到她爸爸的時候，也同時看到他在同一世的時候發生的故事：原來爸爸跟媽媽不是我想像的愛情，卻有互相明白對方的默契。媽媽早就知道爸爸有個很深愛的女人，嫁給一個有暴力傾向的先生，而這個先生發現了他們之間純純的愛，他起了邪惡念頭，藉機控制爸爸。爸爸為了保護所愛的女人，他不可以宣揚出去，卻默默地承受她丈夫的威脅。

她問爸爸：「為何要給那個老太太所有一切？她對你態度如此惡劣。」

爸爸笑著回答：「很簡單，我為了保護我心愛的女人、妳的媽媽和整個家、所有我努力創造而來的財富，所以我提供了物資給那個丈夫和他的母親，幫助他整個家；但表面上，他們讓我成為破壞者，而他們成為理所當然的受害者來脅迫我。這樣你明白了嗎？這就是我的祕密，我不希望你們受到傷害！」

原來爸爸對女兒的憤怒，是為了讓她明白：他非常清楚自己在做的事情，他的防衛裡，是希望她不要干預這件危險的事情。

「我懂了，你沒有背叛媽媽，那是爸爸與媽媽之間的默契！」她看著爸爸：「我們可以重新來過嗎？」

神在旁邊問著他們：「你們願意再度選擇誕生在一個家庭，真正學會相愛嗎？」

他們同時間回答：「我們非常願意！」

小奇問：「那為什麼建常要誕生在這個家庭裡？」

白長老說：「因為建常死亡時看到了他媽媽，她悲傷的看著他，沒有解釋任何話，建常也沉默。」

許久後，婦人開口了：「我愛那些生病的孩子，就像我試著去尋找自己一樣，我是個無能為力的母親，請原諒我。」

孩子點頭說：「我明白！」

在死亡那時的會面，孩子只說了一句話：「我做的一切，都只是為了保護我最愛的女孩，我當時也期待妳用同等的愛對我，但是我忽略了，妳也是需要同等的愛。」

神說：「你們把無條件的愛投射到對方身上了！」

白長老轉身跟小奇說：「她們最後也選擇了再度投胎同一個家庭，她們想讓對方知道，我們是互相無條件接納對方的。」

小奇又問：「如果不是靈魂互相會面，我們哪知道：原來這一切的恨，都是因為愛。我們要如何知道呢？」

長老笑著說：「我們一起進入第六階梯吧，你會先學習到無條件的愛自己，接著無條件的懂他人。」

第6階梯　無條件的愛自己、懂他人

——只有當你有愛的時候，便會得到神性給你最全面的視野。

小奇興奮地直奔向階梯，他非常渴望知道，無條件的愛背後，還有什麼可以讓自己對以前曾經創造出來的生命業力，做一個更完整的提升。

如果，我們的靈魂在死亡的那一刻，放下了所有的執著和情緒，我們將可以有一個很美好的來世，與人再重新相遇。

但人若真的在死亡的那一刻完全放下，以後就不再經歷以前所沒有圓滿的嗎？

他知道在第六階梯裡，可以讓他尋找到答案。

◇指導靈小奇

小奇飄在空中，回到了他的班級。這次他不是在班級裡，而是用神的角色去看整個班級，用神的眼光去看：每個人的思緒、每個人當下在追求愛的過程，是如何無法清晰、無法保持清明、無法保持智慧呢？

他就像神一樣看得很清楚、很完整。他看著他曾經喜歡過的女孩子小歡，對，是曾經，她正在跟別人分享她的快樂，她又戀愛了，正在享受甜蜜的愛情。

小奇很平靜地接納她現在所分享的。原來神的眼光可以這麼輕易地接納。

可是小奇看著坐在角落的自己，他拒絕與小歡溝通，封閉起自己。原來有著身體的小奇，是無法接納對方的快樂的，理由是：「因為那個快樂不是來自於我，不是我個人提供出去的價值，所以我失落了。」

小奇這時是神的眼光，他看著自己在角落裡感覺悲傷，他好想告訴小奇、告訴那個自己：「你誤會了。因為我知道為什麼。我要告訴你：那個女孩子正在找尋對自己生命無條件的接納。就跟所有人類一樣，誤以為找到甜蜜的愛情、找到另一個伴侶，就是生命的圓滿，就是分享生命的來源，會因此補足生命所缺少的。」

指導靈小奇在空中對著自己大喊：「你真的誤會了，她的喜怒哀樂都來自於她自己，那是她自己對自己的喜怒哀樂。她目前因為一段感情而忘記悲傷，但可能下一秒鐘，會因為與朋友的誤會而摧毀整個快樂。所以，不是因為愛情本身，也不是因為親情本身，這快樂本來就是容易被摧毀的。」

擔任指導靈的小奇，走向坐在角落的小奇，祂朝他的第三眼輕吹了了一口氣，氣體如同心電感應般，讓小奇明白：「你瞧，有一個女同學小蘭因為忌妒，而嘲諷地告訴小歡，小歡的男朋友從前與其他女孩子的故事。而你看到嗎？小歡的快樂被摧毀了，小蘭這個忌妒也引發了小歡的忌妒。小蘭無法接納別人的快樂，所以她惡意中傷，你可以看到這個愛情的虛幻與脆弱嗎？」

在班上的小奇抬起頭，聽著這兩個女孩的對話，他也因為對方的悲傷而感覺到平衡些。

人們如果封鎖喉輪（人體脈輪之一，專職表達、溝通、創意與自由意志）而無法接納自己，不了解自我創造的價值，他們便產生了忌妒與比較之心。原來他們在互相忌妒，而這個忌妒的言語，讓他們彼此可以證明自己的價值與權力。

小奇以神的眼光喃喃自語著：「那我該怎麼協助他們明白自我價值呢？」

◇小奇

這時白長老出現了，小奇指著同學們：「祢看他們，因為忌妒競爭和比較，讓生命變得很複雜！」小奇緊張的問：「我該怎麼幫助他們呢？」

長老笑著摸摸小奇的頭：「不用急著協助對方，神的眼光是可以更全方位的！你現在讓自己在進入更全方位的神之眼，再繼續溫柔與耐心地，把這整個故事看完！」

小奇不解地點著頭：「好的，但他們都誤會對方了！」

白長老輕聲地說：「神從來就不會輕易介入你們，神只是在你們需要祂的時候，給予一點的曙光就夠了，就像在黑暗裡的一盞燈，他提供了光明。」

白長老接著說：「請你安靜地看著故事。如果你現在就介入他們，這不是神全然的眼光，這只是你還沒有真正放下身體的情感，而介於全然之神與人之間。介於兩者的你，正試著進去改變他們的故事。如果你真的要試試看，介入他們可以影響他們，我可以幫助你去體驗！」

小奇問：「什麼是神與人之間？」

白長老解釋：「你知道，人在死亡以後，即使不用再輪迴，還是會有一段時間處在一個空間裡。全然之神是真正無私、充滿愛地，看著發生的所有一切，除非你提出請求，祂便給予一些幫助。

「但介於神與人之間就是：在人脫離身體以後，可以選擇不再輪迴所處的空間，就如同你現在的狀態。你想要指導他們，你看到他們在人的身體時所不足的、所可以提升與放手的，你急於想進入他們、幫助他們，因為你才剛脫離肉體，你知道人類的痛苦。

「你即將接近神，但你還需要一個階段，去完全忘記肉體的一切，這需要時間。你現在所幻化出來的，就是一個剛脫離肉體、但還未真正進入全方位神的視野。但你看得透故事發生的端倪，所以你成為他們的指導靈。」

小奇回答長老：「指導靈，這個名詞我聽說過，但是我以為指導靈就是神。」

長老回答小奇：「你對神的要求跟我們認知的神是有差距的，為了這個，我可以花點時間跟你分享。

「我曾經當過人類，但在脫離肉體以後，花了非常非常多的時間，指導了無數的人，才有辦法像現在的我！」

小奇說：「白長老，現在的祢是如何呢？祢是來自於很高很高的神嗎？」

「我不會稱自己來自於很高的地方，我只是比以前在當指導靈的時候更廣闊，更可以清楚你們將來更遠的地方、你們會走向哪裡，我可以更全盤的知道。我的角色更像是一齣戲的導演，我可以知道結局，所以我不會急忙的去幫忙，我通常是看著，而且甚至，我偶而出現在你們的睡夢裡面，我只是偶而會很主動的……」

小奇抓住了這個字：「主動？長老您剛才不是說，要我們提出呼叫或求助的時候，祢才會出現嗎？」

「我會主動的是：當我看到你的靈魂在某一個地方，他需要一些清晰的視野，而我只是擔任把玻璃擦乾淨的神。然後，我把自己放在當指導靈的每一個學習過程裡面，因此非常明白，這時候用哪一種清潔劑，可以讓你的前途更清晰、更踏實。」

小奇明白地說：「喔！我懂了，那麼祢偶而出現在我的睡夢裡，是因為我的靈魂產生了一些沒有必要的污垢，所以祢出現了？」

「不全然，就像我剛才跟你提的，每個人都有指導靈。我呢，就是在擔任很多次指導靈以後，更提升，處在一片能量場中。

「其實你看到我現在是白長老的樣子，可能下一秒鐘我就是一片光、一片雲，我無所不在，存在於你所有的呼吸中，我就是你內在的靈感。你也可以形容我進入你睡夢當中，或我進入你的內心讓你產生靈感，在你最放鬆、最有愛的時候，你產生了靈感。

「只有當你有愛的時候，便會得到神性給你最全面的視野。而這個視野是充滿著愛的靈感，只有愛可以解脫這一切的痛苦，只有愛可以吸引你的指導靈去引導你。」

小奇若有所悟：「所以，我可以簡單地說，白長老就是一個學校的校長，而指導靈就是學校老師，而我們就是同學，是這樣子嗎？」

祂笑著回答：「是的！你理解的很好，小奇！可以這麼形容。

「接下來，我想要讓你去明白指導靈的任務，祂怎麼去協助這些人？你會覺得，有些時候是這個聲音，有些時候是那個聲音，你常會很混淆指導靈要帶給你們什麼聲音！

我帶領你去看這一切，好嗎？」

◇指導靈小奇

小奇得到了長老的允許，悄悄地走進這班上每一位同學的身旁，他們因為忌妒心，而想要剝奪別人的喜悅，來滿足自己的落寞。

於是祂扮演著指導靈，走到小歡的身邊。這小女孩聽到小蘭說起她現任男友的前女友的故事，感到很悲傷。她默默地走向自己的位子，很不高興自己並不是對方的唯一，「原來我並非他的最愛，原來我們之間的開心，他也曾經與他人擁有過，我不是最獨特的。」

白長老問小奇：「這時候你有什麼話要跟她說嗎？」

「我想告訴她：妳很獨特，妳要相信自己！」小奇說。

「好，那你試著告訴她，她很獨特，她要相信自己！」

「白長老她聽到了！她聽到了！」小歡心裡正在想著小奇從前曾經告訴過她的：妳

是個很獨特的女孩子。

「我應該是很獨特的，這份愛是獨一無二的，我應該相信自己！」小奇高興地跟白長老說：「她好一點了！」

白長老接著說：「嗯，她是好一點了！但是你還是知道，痛苦永遠大過於她自己的努力。你再仔細看，她腦袋好多聲音喔，她開始浮現他們之間過往很開心的畫面，她開始想起了小奇！」小奇清晰地聽到她內心的聲音。

「她在想我耶！」小歡開始懷念起她在小奇眼裡多麼的獨特。

白長老說：「小奇，還有話告訴她嗎？」

「我想讓她知道，她真的很獨特，而我曾經深愛過她。」小奇憂傷地回答。

白長老攤開雙手，支持小奇的想法：「告訴她吧！」

小奇在小歡耳邊輕聲地說：「我在跟你交往的時候，我深愛著妳！」

小奇轉身告訴白長老：「她好多了，但我還是覺得，那不是全然的喜悅。她藉由以前的故事，去幫助自己忘記現在的痛苦。但我不覺得這是真正的開心，她需要的也不是我真的愛她，那她真的需要那個男生全部的愛嗎？」

白長老說：「那我們試試看，你去找她的男友，影響他去告訴她：『我很愛妳，你是獨一無二的，請信任我。』你試試看，看女孩有沒有因此好些！」

於是，小奇就跑去隔壁班那個男孩子的旁邊，在耳邊輕輕地說：「你的女朋友心情不好，快過去看她！」

於是這男孩就像感應到一般，喃喃自語：「小歡，她還好嗎？怎麼都沒看到她？」這男孩感覺不安地去教室裡找小歡。

小歡正好走出教室，看到了男友，滿臉淚水地望著他，他急切關心地問：「妳怎麼了？小歡。」

小歡搖搖頭，勉強笑了一下說：「我很想你。」小歡並不想把同學的話轉達給男友知道，因為，再說一次，她的心便會再痛一次。

小歡看著男友的雙眼：「你對我的感情……」

男孩子不加思索地回答：「小歡，妳是獨一無二的，我真的非常喜歡妳，而且我很珍惜妳！」小歡笑了，很開心地回到了班級。

小奇說：「長老，我看到她藉由以往去滿足自己的開心、藉由別人的言語去讓自己感覺到快樂。指導靈是扮演這樣的角色嗎？一直安慰她，讓她感覺短暫的快樂？」

白長老微笑說：「這不是叫短暫的安慰，是適當的鼓勵。但它不是最終的方式，這絕不會是最終的方式，再仔細看下去！」

當小歡走進教室，看到小蘭，小蘭心中的妒火又再度燃燒。她看著小歡，不以為意的說：「小心，這個男生很擅長花言巧語！」

小歡心情馬上又產生了疑惑，瞬間又感覺到痛苦了。她不了解小蘭這麼說的背後，是因為忌妒和羨慕她，她不理解，她好混淆。

小奇再用指導靈的神性眼光，去觀察這個女孩子，便問長老：「我是不是應該去跟那個忌妒的同學說，注意，她正在傷害別人呢？」

長老：「你有發現你的立場嗎？你注意喔！你的立場比較多是愛著小歡，為了保護小歡的觀點而出發的。所以你想呵護她，對不對？你只是提升了一些，不再像真實的小奇封閉自己，你只是有更大的愛想保護小歡，但立場有失中立喔！」

「可是我就是感覺該這麼做，即使我是指導靈，我還是有我肉身的習慣啊！她不應該用忌妒心傷害小歡。」

「沒錯，那你想去跟那位使壞的女同學說什麼呢？」

我會過去跟她說：「其實你應該祝福她，如果你想要擁有自己的愛，你一定要先充滿愛，才可以愛別人和被愛。」

「那你看到這個女同學的反應了嗎？」

小奇驚訝地轉頭告訴長老：「她更生氣了！」

「所以我才說你的立場不夠中立，才無法讓她像小歡一樣得到祝福啊！因為你沒有發自內心的接納這位生氣的女同學。」

「可是我是指導靈，為何我無法愛她呢？」

「因為你跟她的緣分沒有像跟小奇和小歡那樣的親近，所以你還沒用寬廣的視野去明白她的內心。」

「那白長老，我該怎麼做呢？」

白長老說：

「體驗更高的神的視野：我就是藍天。

「沒有情緒，沒有空間，沒有時間，沒有任何限制。

「我是屬於整體，我的眼睛是整體，我看出去是整體。

「我就是這一片雲，我就是這一片藍天，我是整個地球。」

◇更高視野的小奇

「來！小奇，我們一起飛到更高的天空去吧！我要帶領你去更高的、屬於神的視野。現在你會變成一個脫離肉體很久、更高的存有，你有更寬廣的視野，你不在任何一個立場裡面。感覺到了嗎？」

小奇：「有，我慢慢進入了！長老，我看到小蘭，她的忌妒來自於『她長期被爸爸和朋友否定』的痛苦，所以她只能攻擊他人，但是她其實有顆善良的心。我並沒有看到天生的忌妒心，但我看到她缺乏勇氣去接納與愛自己。我懂了，我可以再下去重新擔任她的指導靈，給予建議嗎？」

「去吧！」

「小蘭，妳要相信妳自己，妳所做的一切，都只是為了讓妳明白愛。不要自責，相信妳自己。」這時候小奇以指導靈的身分，把愛的能量注入她的心裡。

小蘭感受到了，堅硬的心開始柔軟。這是小奇帶給她的。

在小奇成為更高的存有時，一目了然每個人內心的脆弱，於是不再批判情緒本身。

他給了好多的愛，把他的手放在她的胸口，為了讓她明白，她是如此的被愛著。

「白長老，她的心軟化了。」

「不要攻擊妳自己。忌妒的心會讓妳攻擊妳的心，妳會因此不快樂，也無法忍受看到別人的快樂。」

小蘭深呼吸，整個課堂上有著複雜的情緒。她知道，自己對小歡說了些無中生有的事，對於沒有祝福朋友，她感到抱歉，而且她其實沒有因此更快樂。她知道，她對待小歡的方式，就像媽媽對待爸爸的方式；她想起，媽媽強烈的忌妒心引發了爸爸所有的痛苦與暴力時，她覺得她做錯了。

這時候小奇回到了空中，他對白長老說：「我在更高的視野裡面，可以看到：人之所以會造成自己的苦難，都來自於許多的故事。他們需要的其實是愛，而不是被勸導。」

「小奇，你非常聰明。當一個人在忌妒他人時，如果你去教訓他這種行為不好，他不但無法被療癒，反而會更無助、更沒有價值感，他會因此而更兇悍。但是你若看到她內心純淨的本性時，你會無條件支持她。」

「白長老，我想要再進去更高境界的祢們去了解，如何讓這些人都不會因為忌妒心，可以更勇於展現、更容易表達自己，不會被低價值感淹沒？」

「小奇，我樂意看到你想深入的學習心，上來吧！我再帶你進去我的視野。」

「我可以進去白長老的視野，我做得到嗎？」

「你來吧，你會明白的。」

◇白長老視野的小奇

當小奇再度睜開眼睛的時候，他看到的不是那個班級。他看到的是美麗的藍天，是一片完全沒有限制的感覺，沒有視野的限制，沒有教室的牆壁，沒有故事本身，沒有人，更說不上是愛或憤怒，根本沒有情緒。

這是長老的視野嗎？

是神更高的視野，哇！這是佛陀的世界嗎？

長老祢在哪？我是祢嗎？西方極樂世界就是這種感覺嗎？

這是一片存在，我無法形容我的感覺——沒有情緒，沒有空間，沒有時間，沒有任何限制。我是屬於整體，我的眼睛是整體，我看出去是整體。

我就是這一片雲，我就是這一片藍天，我是整個地球。

哇！我看到我的班級了，我看到一切都非常美好。即使他們流眼淚，即使他們煩惱痛苦著，我卻看到他們同樣跟我是一體的，而且我們同樣都是屬於神。

我們就是神，沒有任何重量，他們就像是藍天一樣。

我要如何讓他們知道，他們屬於這片藍天，沒有空間與時間的限制？這樣他們應該可以在這小小的肉身裡面，自我創造他們永世存在的個人精神價值。

他們所做任何一件事、任何思緒，都是地球最美麗的樂章，我要如何告訴他們呢？我渴望讓他們知道，因為他們身處在二元對立的世界，無法體驗到我的藍天、我的白雲、我的一呼一吸，我渴望告訴他們！

我帶著長老、佛陀的視野，我要下去告訴他們，我來了！

我明白怎麼幫助他們了，我明白要如何讓他們回到我的世界裡，回到我整體的感覺。

他們每一個人都在睡覺，正在睡覺中的夥伴們需要的是什麼，我一目了然。但我不能一下子給太多，如果一下子給他們太多，他們就沒有辦法像白長老一樣，一點一滴扎實的提升。

那個扎實的感覺、回家的感覺、整體的感覺，才是真正的超越。如果我一下把我經驗到的藍天白雲放在他們的心裡面，會變成如何呢？

小奇喊著：「我懂了！如果一下子把我這麼美好的世界全盤丟給他們，讓他們明白這麼高的世界的時候，他們就失去了生活的意義。他們的生活會變的虛無飄渺、天馬行空，他們會不願意雙腳踏在地上，不願意接受任何的情緒與磨難。

「如果我太心急，馬上把藍天白雲放到他們的腦子裡，欠缺學習的經驗，他們將看不到同伴，就像現在的我，我感覺不到他們，因為我與他們的情緒是有距離的。雖然我活在人世間、有著佛陀的智慧，卻無法親近人；我有著很高超的智慧，卻無法明白人；我飄著，看不到他們，也無法分享我的愛，即使我是長老的視野。

「我還是非常熱切地，想要把這藍天白雲，告訴所有的人類，而且是極度渴望。這是唯一我認為，人類可以很快樂地擁抱他生命內在的那一份力量。但是，我要慢慢地來，要慢慢地陪伴著……」

於是小奇看到了另一位指導靈，跑去跟祂說：「上面有藍天，我們一起把這份愛傳遞下去吧！」

小奇對著已融合在藍天白雲的白長老呼喊著：「是的，我們一點一滴，就像漏斗一樣，將這份精神傳遞下去。每一次，我回到他們的睡夢裡，他們會再進步一些。每一次我在接近他們的時候，他們已經看到自己的價值。從神賜福他們的滿滿的愛，慢慢地，他們開始擁有生命自己的創造！」

小奇持續地說：「我看到這個女同學小蘭經過長時間的努力，她開始變化了。她內心開始有愛的能力，開始慢慢的茁壯。當她開始更正向的發展自由意志時，她不再受父母親的牽絆，她有屬於她自己的人生。」

太好了，身為小奇的自己，也不再封閉，開始走上他的靈性道路。藉由愛情的失落，他明白了一件事：只有愛自己，回饋給別人，才能接近永恆的快樂。所以他打開了自己的心，開始明白他的靈性道路。

愛自己，單純的服務他人，讓他快樂；藉由愛情的痛苦，他走向了愛。小奇真的明白了：「白長老，您說的全盤視野，他們當下的痛苦，都只是為了走向更大的愛，太好了！」

小奇慢慢地離開了藍天白雲，正要轉身尋找白長老：「白長老？白長老？」

眼前一片白光，但白長老已經消失了。

◇小奇

小奇微微睜開眼睛，一朵朵的白雲變成一件件白色護士服，在他眼前穿梭，他開始聽到護士小姐交代其他病床的家人，要注意點滴。

小奇躺在床上，看到有個小孩拿著餅乾，正朝他走過來，示意要把餅乾給他吃。因為小奇對著小孩搖手表示沒胃口，而引起病房中的護士驚喜的說：「楊子奇清醒了！」

小奇轉過頭看到了爸爸，爸爸對他微笑。有雙許久未見的手，溫柔地握住小奇的手，小奇知道是媽媽。

小奇還記得那些天在夢裡發生的所有事情。他不急於表達，而是看著媽媽，感動地掉著眼淚，輕輕地問：「好久不見，媽媽妳好嗎？」

經過這幾天的奇幻之旅，他或許已經可以明白，媽媽為何離開他，背後真正的原因了！

他很想跟媽媽好好的聊聊，她坐在小奇身邊，示意小奇可以倚靠在她的肩膀上。小時候的感覺又再度回來，媽媽滿臉淚水。爸爸這時候安靜地離開，留下了母子兩人。

小奇問媽媽：「是否可以給我一些時間，讓我更了解妳過往發生的事？」

「當然可以！可是你現在還在生病，醫生也還沒有檢查出你真正的病因。如果你想知道過去發生了哪些事情，我可以回來和你住一段時間，那樣的話，我們就有的是時間可以分享了！」

「妳願意回來跟我住嗎？可以嗎？」小奇開始泛著淚！

「當然可以啊！」媽媽也泛著淚！

小奇握著媽媽的手，好開心！這或許是他好多年來的夢想。

他可以跟媽媽長期相處，也可以聊聊他自己的內心和這幾天所經歷的，他有好多話想要跟媽媽說，於是小奇握著媽媽的手睡著了！

他的身體很虛弱，但他的心情如夢境裡的藍天白雲，有著對生命不同見解的喜悅。或許神給了他一個非常好的禮物。

再度睡著的時候，一樣的，他又回到了那個夢境。

他非常期待看到第七個階梯，第七個階梯是什麼？要進去了……

第7階梯　回到靈魂的來處

——這個海底世界是一個神性的世界，帶著淨化與療癒的力量。

小奇看到自己置身在一座花園裡，眼前有一個小女孩正在踢著足球。

「這是……我的孩子嗎？這是我以後的家嗎？未來，我的病會好嗎？我為什麼看到自己的未來？」小奇確定她是他的孩子，他和妻子生了一個小女孩，她正在玩足球，才三歲。他們家有花園，而且住在國外。

「這是我的未來嗎？還是我的過去？還是夢？太神奇了！」小奇過去跟那個小女孩說：「彤彤，要不要進去吃飯呀？」

她看著小奇說：「爸，我還要玩嘛！」

這個場景消失了！她是小奇的孩子沒錯，可是消失了！

「第七個階梯就會看到未來嗎？還是我有預見未來的能力？」

接著小奇往另外一個白色的樓梯走去，那個樓梯通往一個小山洞。

哇！裡面堆滿了黃金，金光閃閃的，有許多不同的燈，好漂亮！「這是哪裡？財富之庫嗎？這裡是藏寶庫嗎？為什麼有那麼多金銀財寶？這些是誰的呢？我又是在哪裡？」

藏寶庫裡面還有一個非常小的門，於是小奇趴在地上爬了進去！

哇！小奇看到一道瀑布，有著好多五顏六色美麗的蝴蝶，圍繞著瀑布。瀑布下的潭水看起來非常的澄澈清涼，他好想要游泳，於是把衣服脫下來，往水裡面跳！

糟糕！這是一個不見底的湖，他踩不到底了！瞬間往湖中直墜！

小奇心想：「我會不會死？」他一直往水底沉下去，原本相當恐懼，但耳邊突然聽到了一句輕而有力的聲音：「放掉想法，用心去感覺身體，去感覺在水中的你！」

在水裡面的小奇，突然間可以像魚一樣呼吸：「我是美人魚嗎？」小奇放下了焦慮，讚歎地說：「真好，在水裡面的感覺好舒服喔！有著各式各樣我不曾見過、像傳說中的精靈，在湖底游來游去，這是精靈的世界嗎？這是個海底世界！我現在是誰呢？」

小奇來到了一個海底的宮殿，這是他的家。不知道為什麼，但小奇知道這是他的家！

◇海王子

我是海底的一個生命，很自由。我幻化著身體進入一道道的門：我曾經在這裡住過，非常熟悉這內部的所有一切，這是一個非常乾淨的地方，是我靈魂的來處。這裡有好多神仙，有很美的仙女，也有男的神仙，他們都好美。

我也感覺自己好快樂，我是屬於他們的一份子，當我到來的時候，他們非常有禮貌地跟我打招呼。我和他們打完招呼以後，往宮殿另外一邊的小房間走過去，只要我一閉上眼睛，就可以進入那個地方。裡面有好多神奇的珍珠，它們每一個都帶著不同療癒的力量。

那我為什麼成為小奇呢？為什麼我不在這麼舒服的大海裡生活？這裡沒有痛苦，沒有生病也沒有憂愁，只有自在的呼吸，與水融為一體的呼吸！

我是一個有力量的人！不，我是一個有力量的海底神仙，我的靈魂跟神是一樣的，我是海裡的神！

這顆紫色的珍珠是我的傳家之寶，海底之王的傳家之寶，它可以幫助人類夢想成真。

那顆靛藍色的珍珠，它可以幫助人類看到生命的實相，告訴人，真實的你來自於哪裡？你該做什麼？你為何在這個地方誕生？這顆珍珠有力量可以幫助人，看見自己生命真正的意義。

這顆紅色的珍珠，它可以幫助人，自由的創造自己的物質。

我有好多珍珠的力量。我擁有這些力量，那我為什要變成小奇呢？為什麼我有那幾世的經驗呢？

在珍珠的旁邊有一個小百寶箱，裡面有一個生命藍圖。我擁有自己的生命藍圖，我選擇成為人，由於我是生命的主宰，所以我變成了人！我現在要打開它，它是屬於我的，因為我忘記了一些事情！

當我打開了第一頁，上面寫著：

我來自海底的一個世界，這個世界沒有痛苦，是一個神性的世界，帶著淨化與療癒的力量。

他們已經有好幾萬年生活在這海底的最深處，他們將這個海底的特殊能量，悄悄地送到宇宙各個需要的地方，包含地球和其他不同的星球。

這裡不是地球的海洋，而是在冥王星裡面，在星球很深處裡面。我是那水裡的水精靈，我擁有很多的力量，爸爸掌管這整個海底世界，我是這海底的小王子，所以剛才那些仙女和神仙看到我的時候，非常的禮遇我。

我回來看他們了！我一年只回來這個星球一次。

我決定離開我的星球——冥王星（這個海洋之星帶著特殊的使命）——走向其他的星球。帶著人類的自由意志，帶著這神奇的和平之星（和平之星就是那顆藍色的珍珠），要以肉身的方式投胎到地球，我想要給予的是和平的力量。我離開了我的爸爸、我的宮殿、我的星球、我的海洋，我有著極度敏感的肉身，去接近每一個人類朋友。

我必須被造就成一個非常敏感的身體，才有辦法體會人內心的痛苦，我才能接近他們。他們會歡迎我，因為我帶著和平，帶著平等。

我已經不再是神，不再高人一等，我帶著沒有邊界的身體投胎成人。但是我在誕生的那一刻，會完全忘記自己的神聖使命。我會慢慢地去經歷非和平的感覺、內在衝突、情緒盪漾。

我從生命誕生那一刻開始，就帶著非常多的疑問。我有一個表面順遂的人生，但卻有一顆非常敏感善良的心。我會叫做小奇，我會生一場重病，但是我也會起死回生，唯一使我起死回生的力量，就是這些珍珠。

我證明了我的力量，用人類的自由意志，可以超越身體的病痛。

我在病床上的九十天裡，會經歷非常多的改變，身體會變得很敏感。我聽得到神跟我說話，我可以跟我的靈魂來處隨時保持聯繫。當我身體耗弱、已經筋疲力盡的時候，我可以跟我的靈魂來處說：我需要你們的支援。

我會帶著非常多的金銀財寶，那個東西可以使人類愛上我！

什麼意思？金銀財寶可以使人類愛上我？

「因為在人類的物質界裡有一個神妙的規矩：當一個人創造很多金銀財寶的時候，他會備受尊重。當他們有很多金銀財寶、住在最美麗的房子的時候，會吸引人注意他們！

「但是這只是我們計畫的第一步，我們讓你帶著美好的外表還有金銀財寶，你就會吸引他們的目光，接著就是你任務的開始。因為真正讓他們喜歡你的是海底的力量，是這舒服、放鬆、和平的力量；還有一步一步提升的，無條件愛的力量。你會讓他們明白，在人的惡劣行為的背後，正有一個和平的力量促使著他們進化。所以，來到地球的最大目的，就是提升人類的進化，但一切都在最平等、最和諧的方式產生，這就是小奇的生命奇幻之旅！」

「這就是我的人生嗎？我的靈魂來自這個地方？」

小奇又再次走出了宮殿，向仙女和神仙們說再見！

雖然靈魂的來處讓小奇感覺非常的美好，他也貪求想要多留一會兒。只是當他看完自己的人生藍圖以後，決定再回到原本的地方──那個生病的小奇！「因為我知道，終究我會回家，但是在這之前，我必須帶著這幾顆珍珠，完成我的使命，到時我會再度回來的！」小奇想。

經過那個藏著金銀財寶的山洞，小奇對財寶說：「你們跟我走吧！你們只是我的工具，我歡迎你們跟我走。」於是小奇又回到了病床，同時想著：「我可以主動地去選擇離開第七道門，太神奇了！」

◇小奇

小奇在夢裡慢慢地聽到，身邊有一個人在呼喊他，「小奇起床了喔！」

他張開眼睛，看見了一個先生，他心裡很納悶，這不是白長老嗎？他為什穿著醫師服？

小奇微笑地問：「白長老你來了！你為什麼穿這樣？你為什麼不是在我的夢裡面呢？」

醫生親切的回應：「我是你的主治醫生，你好！而且我不叫白長老喔！但我很高興你醒過來了！」

小奇猛然看到醫生旁的護士，心裡納悶想著：「她不就是我剛剛在海底看到的那個仙女嗎？這不是我夢裡看到的人嗎？」

醫生說：「小奇，你可能會在醫院再待一陣子！我們會盡力去研究你的病狀。它非常特殊，目前還無法完全判斷這是怎樣的疾病，所以我們需要你的配合，而且你也要對我們有信心！住在這裡雖然不是很舒服，可是我們會全力協助你治癒這個病！」

「醫生，為什麼我會昏倒？」

「我們還無法判斷。目前根據各項數據的分析，似乎是有癌細胞的跡象；但是在最近一次的化驗又有了一些變化，似乎又找不到癌細胞了。所以我們目前還無法真正確定！」

「為什麼會這樣呢？」

「我們有和你的爸爸談過，這是一個很特殊罕見的疾病，我們還無法下判斷。再給我們一些時間，我相信會有臨床上的新發現！你願意配合我們嗎？」

小奇驚喜地說：「我，我也有一個神奇的發現，所以你們看到我的身體，也有神奇的發現嗎？」

這時候小奇的爸爸進來，他跟醫生打了一個招呼，「我要麻煩醫生一下，有些證明文件需要你的簽名。因為我要請假來陪小奇，所以需要小奇生病的證明文件！」於是醫生和小奇的爸爸就出去了！

小奇一個人在病床上喃喃自語：「因為我來自不同的星球，我的身體很敏感，所以你們檢查出來的病是真的病嗎？我還會繼續活下去，因為我有看到我的未來，所以我不怕！」

小奇這時候拿起他的畫筆，想要把他夢境裡看到的一些東西畫下來、記錄下來。他在畫紙上畫上海洋的珍珠，他知道這些帶有力量，他把看到的每一顆非常漂亮、閃閃發光、有各種顏色的珍珠，都一個一個畫下來！

他的確不再恐懼他的疾病，是因為他知道：在靈魂的世界，無論如何他都會回家！

小奇在醫院經過了數天的治療，醫生還是無法查出他真正的病因。原本醫生認為他是得了血癌，因為在血液裡的白血球有異常的狀況。隨著每日的觀察，卻又發現小奇時好時壞，有些時候精神充沛，有些時候又虛弱無比，會感覺到全身刺痛。血液和各種醫學儀器的測量，似乎也都無法查出真正的病因。

小奇躺在病床上，當他想起這幾天的奇幻之旅，他感覺到信心與勇氣。但當他感覺到身體非常不舒服的時候，恐懼就出現了！他害怕離開這個世界，他害怕夢想還沒完成。

他想起他的那個夢想星星是暗淡無光的，是不是在暗示他生命已到了盡頭？但同時他又看到自己的未來，這讓他非常的疑惑。

自從看到白長老變成了主治醫師，他就無法再問白長老任何問題。從上次到現在，已經經過兩個星期，他再也沒有夢到過白長老，在夢中也沒有進入他的奇幻之旅了！

就在這一天，疲倦的他想離開醫院去外面走走，想呼吸一下外面的空氣，放鬆自己緊繃的心情。

他並不想告訴護士。趁著家人不在、護士也沒留意的時候，起身帶著他的點滴瓶走向了電梯。

醫院裡的人非常多，光等電梯就等了好久。好不容易電梯來了，他終於可以進入電梯。

其實他也不清楚自己要去幾樓，於是隨手按了一個樓層，是八樓，電梯有標示那層樓有個空中花園。

這時發生了很奇特的狀況。在電梯裡，從一樓到七樓的過程裡，就像經過時光之門一樣，他突然看到很多影象，是這幾天所發生的事情。

隨著每一層樓，他就看到一些不同的影象，有的熟悉，有的不熟悉。到第八層樓的時候，門一打開，他看到一個小門，上面竟然寫著「時光之門」。

這到底怎麼回事呢？他急忙走出了電梯，想確定是不是自己眼花了！

他驚呼叫著：「真的是寫著時光之門耶！」

他轉頭望向電梯，在緩緩正關閉的門裡頭，他看到奇幻之旅中的幸福小孩 Rofe，正揮揮手，並且帶著很甜美的笑容。

小奇正猶豫是否要走回電梯內，還是繼續前進至時光之門時，電梯整個瞬間消失了！Rofe 帶著很甜美的笑聲，跟著一起消失。

小奇只能往時光之門走去。他又再度經歷了一個很奇特的故事。

第8階梯　穿越平行時空

——當你經歷了所有靈性的體悟，你要記得，眼前是最重要的。

進入時光之門，小奇看到一座很大的電腦，上面標示著：「在這個遊戲的世界裡面，有幾種戰鬥方式。你可以在前方的七種色彩中，踏上任一決定後的顏色，遊戲就會自動開始。在顏色上方都有伴隨著你闖關的動物圖型，分別是恐龍、龍、老虎、蛇和熊……等。」

小奇選擇了紫色，上頭有龍的圖形。

當他踏上這個顏色後，變身進入一個角色是「龍的武士」，武士和龍以飛快的速度，和很多妖魔鬼怪打鬥。

經過一個又一個關卡的勝利，最後龍賜給他一把寶劍，「這個寶劍有神奇的力量，它會把『神的傳說』植入你的腦意識裡面，你的神識就會被開啟，寶劍也會引導你與另一個你相遇。」

這個奇怪的電腦正詳細解說寶劍的意義：「擁有寶劍的主人，你會再度進入另一個遊戲中，去體會靈魂更深的目的。寶劍雖然已經在你手裡，但它可否被你征服並發生作用，跟小奇你自己有很大的關係喔！」

小奇隨即問：「征服？」握著寶劍的小奇，突然間很快地進入了另外一個世界。

◇小奇╳小浣熊

小奇突然看到遠方有一隻小浣熊，眼睛閃閃發光的小浣熊也看到小奇。

小奇走向前：「你為什麼會注意到我，是因為我很特別嗎？你如果在我身上看到了什麼不同於其他人的，那應該是因為我獲得了一把神奇寶劍，寶劍給了我體驗神的機會，但電腦正要解釋如何才能發生作用時，我就來到這裡了。」

小浣熊低著頭，像是在找食物般。

「你要吃東西嗎？」小奇全身找了一遍，對小浣熊說：「可是我身上沒有東西給你吃，怎麼辦？」

小浣熊轉身跳開，撇著頭看著小奇。小奇問：「你要帶我去那邊嗎？」

小浣熊加快腳步，小奇隨著牠走向前，在不遠處，有一大片長滿紅色果子的樹林。

小奇意識到自己折騰了一個上午，著實餓壞了，他與小浣熊坐在樹邊，開始啃著這甜美的紅果子。

小奇跟小浣熊解釋著他來到這裡的前因後果，小浣熊默默地坐在小奇腿上，似乎很理解的聽著。小奇跟小浣熊分享著：電腦說，要擁有寶劍的神奇力量，要先征服這把寶劍。如何征服呢？

小浣熊突然跳上了樹頂，小奇以為浣熊很快又會回來，不以為意地繼續坐在樹下，不知不覺地竟睡著了。

等小奇醒來時，今日已非昨日，原本茂盛的樹林已變成冬天的枯樹了，更別說昨日足以填飽肚子的果子。眼前剩下的只有一片冰天雪地，小浣熊並沒有出現在小奇身旁。小奇起身，準備去尋找可以保暖的衣服和食物。

走了非常久，始終一片雪地。小奇開始想念起小浣熊了。手上的寶劍始終沒發生任何作用。

孤單和飢餓的小奇，這寶劍帶給他的重量，已經成為負擔。他想遺棄這把寶劍，於是把寶劍放在一棵形狀特殊的樹下，把它埋在雪地中。

他對著寶劍說：「雖然我戰勝了許多妖魔鬼怪，你代表了我的榮耀與成功，但此時此刻，我身心俱疲。體驗神的世界，是無法解決我此刻的需要，再會了。」

轉身時，小浣熊竟再度出現在他眼前，亦是那閃閃發光的雙眼，嘴上叼著一隻死鳥。小奇如同見到了相愛的靈魂伴侶，一手將小浣熊擁入懷裡，輕聲地說：「我們的相遇一定有最特別的意義對不對？我們永遠不分離好嗎？」

小奇這時想到那被他遺棄的寶劍，他自問著：「如果小浣熊待會兒又離開，或轉身不聽我說話，我該怎麼辦呢？」

小浣熊還是兩眼散發著光芒，望著小奇，牠用小腳撥弄著小奇的雙手，小奇感覺到牠的回應了！

小奇和浣熊一直待在一起，他問小浣熊：「我們要向前走還是待在原地呢？」

小奇看著身旁的小浣熊，心裡想著：「小浣熊會不會對我有什麼目的？如果我不停地滿足牠的目的，牠應該不會再度離開我了？」

小奇趁著小浣熊熟睡時，把手上做好的綁鍊悄悄地套在浣熊的脖子。並且計畫替小浣熊蓋一棟非常舒適的小屋子，屋子的門可鎖緊，這樣小奇就可以安心，不怕小浣熊迷路了。

小奇對著睡覺的小浣熊說：「從今以後，我只愛你，不會愛別人。小浣熊你也屬於我好嗎？我們是最好的伴侶，你屬於我。我們一起建構一個家，我們住在一起好不好？但是你只屬於我的喔！我們永遠在一起，二十四小時都做一樣的事情，我也給你承諾。」

隔天早上，他給小浣熊蓋了一間好漂亮的屋子，把小屋放在他的床邊，他想要跟牠一起生活，一起做很多很多的事。

頭幾天，小浣熊仍用著閃閃發亮的眼睛，非常愛慕的看著這個小主人。對於受制於主人，小浣熊感覺安心：「主人會給我食物、給我家。」

隨著時間一日過一日，小奇已經與小浣熊把家園建造出來了，但始終沒有任何一個人經過。

偶而，小奇會看到另外幾隻浣熊在家附近逗留。他一開始很擔心小浣熊會離開他，去和他的夥伴相聚，所以他把浣熊的屋子鎖得更緊了。

小浣熊已不像之前，可以在家園的戶外空間玩樂，牠被一條又粗又短的繩子緊緊地困在小木屋旁，連外頭都見不著了，更別說像從前一樣幫助小主人尋找食物，自由自在的。

小奇的生活越來越乏味，對於要找更多的食物，小奇感到負擔。他也開始厭倦，與不會說話、沒反應的浣熊在一起，讓他感到無趣了。

這天，他因為找不到食物，正對著小浣熊生氣：「奴隸！這不正是我們想要的嗎？我征服了你，我可以愛你，只因為你是我的奴隸。奴隸跟主人的關係，就是奴隸逃不了！哼！我是你的主人，當我生氣的時候，你還是必須跟著我，我可以掌控你！」

小奇跟這一隻小浣熊每天都生活在一起，所有的喜怒哀樂都對著這一隻小浣熊，小浣熊的眼神越來越黯淡，再也不會發光了。

小浣熊好難過，小浣熊覺得，牠也想要有自己的世界。以前牠所在的地方有那麼大的草原，自己尋找想要的食物，不屬於任何人，是多麼的自由自在。於是在晚上的時候，小浣熊偷偷地，完全不顯露痕跡地，把繩子一點一滴的咬破。牠準備離開這個家，這個小主人征服出來的家。牠想要離開了！

牠要走的時候，看著小奇，就像在告訴小主人：

「一個交會的緣分，隨時都會稍縱即逝。我是一隻長大的小浣熊，我想要有自己的世界跟自由，你也會有自己的世界跟自由，不屬於任何人。

「即使你對全世界說出你要的，但這世界上沒有永恆，沒有持久，更沒有理所當然。所以當我打開心房深深愛著你的時候，我在意那個美好的當下。當你把我拘禁在這個小房子，你把你所有的情緒都交付給我的時候，我就不會存在了。我要去到我的世界。

「祝你往那個雲端一直走去，那是神的世界，我們都是神的一部分，那是神的世界，去吧！」

小浣熊轉身變成了天空的一朵雲，從此消失。

小奇早晨起來的時候，想起昨晚作了一個很奇怪的夢！

他正在玩的電腦遊戲裡所累積的那些寶物，全部都被小浣熊給刪除消失了！他非常憤怒，小浣熊為什麼把他辛辛苦苦累積的東西全部弄不見了？這是他辛苦得來的，每一個寶物都是他辛苦破關得來的。小奇被背叛了，這個叛徒不是一個人，甚至是一個多餘的累贅。

正要去找小浣熊理論的時候，他就發現，小浣熊的房子有個洞，繩子斷了，小浣熊不見了！

小奇非常的失控，像瘋子一樣。小奇覺得：「這就是神給我的夢裡面的一個警示，牠會背叛我，我一定要報復，看看這小浣熊能跑到哪裡去？」小奇邊跑邊吶喊著：「你的世界只有我，你能跑到哪裡去？」

◇小奇×女巫

小奇帶著被背叛的、非常大的悲傷與憤怒，不服輸的往前走。他帶著所有的恨，走了好久好久的路，去尋找那隻他要復仇的小浣熊。

不遠處，小奇看到一間屋子，門口寫著女巫之屋。憤怒失落的他想著：「或許我可以問那個女巫，那可恨的小浣熊在哪裡？牠背叛我，是什麼原因牠不再愛我？我受傷了！我把生命所有的事情都告訴了牠，牠為何背叛我？我要叫女巫讓我知道牠在那裡！我要找出牠，我要教訓牠。」

於是小奇敲了敲門，門打開後，看到一個女巫。

小奇一瞬間誤以為，女巫就是小浣熊，因為這個女巫也有著小浣熊一樣的眼睛，她的眼睛充滿愛、關懷。小奇想：「這不是我當初看到小浣熊的眼睛嗎？為什麼她對我笑呢？」

小奇怕再度受騙，心裡掙扎著：「不行！這女巫會背叛我，她只是表面的愛，當我交付給她的時候，她就會離開我，她會搞壞我所有的生命，她會背叛我，我要相信她嗎？」

女巫看透了這個小男孩，透視了在他身後所有小浣熊的故事。她心想：「看到小男孩非常的痛苦，只因為愛。他再也不信任愛了，所以他在我眼裡看到了小浣熊，他把所有的故事放在我身上。如果我直接說出他的問題，或許並不是最好的方式。」

這女巫很有智慧的選擇了變成跟小男孩一樣的狀態，眼睛開始封閉起來。她知道這個時候，她不能用愛的眼神去看小男孩，因為小男孩感受不到她。她必須變成小男孩，她才可以跟他對話。

於是她讓自己蛻變成跟小男孩一樣頻率的狀態，她跟小男孩說第一句話：「愛（情）很讓人受傷對不對？我嘗試過，我知道，愛很讓人受傷的，因為給出去未必會得到回饋。」小奇聽到女巫這麼一說，放下了防備。

女巫指示他可以進來屋裡，也告訴小奇，詢問的代價就是：把小奇身上最珍貴的東西交付給她。

小奇摸摸身上，並無任何有價值的東西。

他突然想起了那把寶劍，他告訴女巫，他有把很特別的寶劍，若女巫可以幫助他找到他要的，他會轉贈予她。

女巫抬起頭，當小奇提及到寶劍時，一道金銀色的光芒如閃電般，在女巫眼前劃過。女巫直接了當地告訴小奇：「你不會給我這把寶劍的，它只屬於你，它正等著你征服！」

小奇非常驚訝女巫的透視力，他告訴她：「我是要征服它，但是眼前最重要的是找到我最愛的夥伴，牠失蹤了！」

女巫起身將屋子內的烤爐門打開，爐上放了一鍋湯。

女巫對小奇說：「你應該是從很遠的地方走來，這鍋湯是為你準備的。你餓了！不只身體疲倦飢餓，最重要的，你要找的夥伴，是不可能再出現了！」

小奇疑惑的問：「為什麼？我曾經失去牠，但牠又再度回來了，這次為什麼不可以呢？」

女巫回應小奇：「你不是真心愛著牠！你總在想擁有更好的生活方式，所以你並沒有征服到牠，時間到了，牠本就該從你生命中消失，你心靈的飢餓不是由牠來填滿！」

小奇又再度憤怒的說：「我沒有征服牠？我給予牠所有一切了！」

女巫笑著回應：「應該是說，你只是給了牠『你想要的』。現在的牠很自由！」

小奇還是不悅的嘮叨著：「若不是他曾經消失一段時間，我不會囚禁牠的！」

於是女巫轉身去看柴火，然後說：「你看這個爐火，我把木材丟進去，木材會幫助煮燃這鍋湯，所以我需要這些木材，我需要燃火。我要讓這鍋湯可以餵飽我跟你，所以這個木材就這樣一根一根的燒掉，結果不見了！木材一根根燒毀的時候，它只剩下灰燼，看起來灰燼沒有任何的幫助，不是嗎？你看，若要燒煮這鍋湯，讓我們可以填飽肚子，我們就要找一根一根的木材。你知道，愛就像這一根一根的木材，當它燒完的時候，雖然剩下的只是灰燼，但它卻完成了我們生命應該完成的，它替我們烹煮了一鍋美食。」

小奇尚在被拋棄的情緒中：「我找妳，就是希望妳幫助我找到小浣熊！」

女巫繼續說服小奇：「你看著窗外的藍天、白雲和草地，你再往前踏一步，我會幫助你忘記痛苦！

「回想你一路上遇到的痛苦、封閉、不開心的事情，就像是這一根根的木材，它就像資源一樣提供給你，提醒你抬頭看到這一片美好的地方！

「現在我會告訴你怎樣征服你的寶劍。寶劍和你親愛的摯友小浣熊，是同一件事情，他們就像你的內在小孩一樣，需要主人的關懷保護。人類往往以為，征服是完全控制對方屈服於自己，但若要啟動神的世界，最重要的關鍵是：征服自己內在那份不安全感。

「魔在那擾亂了你看出去的世界，如果征服了自己那不時跳動出來引誘你往外控制他人的欲望，你就征服了內在心魔。當你與自己和諧共處時，你就征服了寶劍；當你匱乏之無力承擔時，你便會放棄寶劍，讓神的世界悄悄退離而去。」

女巫身體輕微的搖擺，這告知小奇，神的聲音即將透過她，傳遞生命真理。神說：

「我是神，我很愛你。當你相信，你就是愛你自己的那一個人，伴隨著來自他人的生命資源，它們燃燒了所有的火光，幫助你成為你自己，你就知道，愛是多麼的重要。

「你現在開始去看看你自己，去看看當你轉身看到藍天白雲的時候，你曾經在草地上玩耍奔跑的樣子，你看得到嗎？你有看到你跟小浣熊在草地上奔馳、很快樂的樣子嗎？你看到了，對不對？而小浣熊或許現在在世界上的某個地方，牠也正在想，以前你們在一起的時候是多麼的愉快。」

於是小奇看到神透過女巫所變出來的一大片藍天白雲，也看到了以前每一刻他最快樂的時候，他感覺非常欣慰。神透過女巫跟小奇說：「對，就是這個地方，這是你心住的地方。」

透過女巫說話的神，與小奇分享：「當這些影象全部住進你心裡的時候，所有過去的一切，都不重要了！」

小奇接受神的指引與療癒，他感覺對小浣熊的憤怒逐漸消失，取而代之的是那一片片美麗的藍天白雲。

他轉身正要跟女巫說謝謝的時候，女巫、房子全部消失了！那一秒鐘他非常的惶恐，愛又不見了！小奇想：「妳幫助我，為什麼又不見了？」

這時在空中的女巫把藍天白雲幻化在他的眼前，他隨即看到住在心裡面的藍天白雲，他又再度被充滿了。

小奇頓悟了：「這藍天白雲，讓我到任何一個地方都不會感到痛苦。對！我要追隨神的道路回家。我要帶著這內心的快樂、內心的藍天白雲，去跟神分享，我要讓神知道，這個東西才是永恆不變的！」

突然間，寶劍從天空緩緩地降落，它再度回到小奇的手中。這時小奇帶著滿滿的愛與感激，笑著對寶劍說：「我想我已學會了征服愛。」

◇小奇╳寶劍

白長老又出現了！對於白長老再度出現，小奇大叫著：「我太高興了！」

白長老微笑地說：「你是想要和我分享這藍天白雲帶給你的喜悅嗎？」

小奇猛點頭：「我要去神的世界，分享這份永恆的活在當下。」

這時白長老也幻化成藍天白雲，小奇發現白長老也如同女巫一樣消失了，他對著眼前的美景呼喚著白長老，但並沒有任何回應。

這時寶劍發出劇烈的聲響，在寶劍上，竟有文字逐一出現，小奇跟著出現的字一句句的唸出來：「你不是在睡夢裡！你是走到另一個時空，正在經歷另外一個跟你相似的故事。故事的內容雖然不同，但故事的目的是一樣的！他不是生病的小奇，他是小奇靈魂的另外一部分，另外一個你，你好幾個靈魂正重疊著在發生不同的事情！」

小奇對寶劍發出疑問：「我還有另外的靈魂？我不能理解！這是什麼意思？」

「就是：他是來自於更大的你。而這更大的你，有很多個不同的你，正同時在不同的時空裡，一起在實現和你靈魂一樣的目的！」

小奇又追問：「那為什麼我的靈魂要同時實現？既然是一樣的目的，為什麼要有不同的靈魂去做一樣目的的事情？」

「這是因為，我們在每一個時空裡，都有我們的足跡。每一個人，千千萬萬的人類都一樣，在每一個時空裡，都有著一樣本質的故事、一樣本質的目的，只是每一個靈魂有豐富的不同時空、不同頻率、不同狀態的你，在產生不同的故事。你剛剛看到的一切，是更神性的你！」

小奇繼續追問：「更神性的我？但他也有情緒啊，他也在經歷無條件的愛，遇到巫婆、遇到追求神聖的道路！」

「是的，如果你用指導靈跟長老的概念，指導靈經歷了很多很多的學習，祂帶著一些人類習性的資料，可以較接近地明白人類的習性。祂們接近人，一步一步地往前走到提升，接近白長老，就像是那一片你看到的藍天白雲，它就是靈魂終究的你！」

小奇揉揉眼睛，怕是自己遺漏了些文字：「我聽不懂，太抽象了！」

寶劍神奇地回應著小奇：「當一個人知道了靈魂的祕密——當你知道，在每一個小靈魂的你有一個更大的靈魂，你們就像是大太陽下的每一道陽光——你就是整體。」

小奇充滿疑惑的回問：「嗯，那我知道這些，對我有什麼幫助？」

「當然有幫助！當你知道有一個更大、更大、更大的靈魂就像藍天一樣，沒有任何煩惱，只有愛、平靜、舒展，整個是廣闊的屬於你，它是你的家，而你們有好多不同的你，正在朝那個靈魂的家走去。你在做的每一件事情，另外一個你也在經歷；而另外一個你的經歷，跟你所看到的夥伴們，他們也在經歷另外不同的故事……你對這些有什麼感受呢？閉上眼睛去感覺一下！」

「當我知道，不只是我在經歷這可怕的事，不只是我在病床上遭受那麼多的擔憂，不只我在恐懼死亡，不只我在生病，那是什麼感覺呢？」

「我們接下來再看，『另外一個時空』代表的意義是什麼：有一個時空更廣闊的你，更成熟的你，在另外一個宇宙的空間裡，在做和你一樣追求靈魂本質目的事情！」

「可是我不想看！」

「為什麼呢？小奇！」

「我覺得，當我看到他們不是跟我一樣在人世間，我會恐懼。我覺得似乎他們在暗示我，過不了多久，我就會離開人世間了！我還有好多事情還沒完成！

「寶劍，我比較在意的是，我現在很想問你：那顆黑暗的星星，是不是代表我的生命沒有未來了？你現在是不是在告訴我，如果我現在消失了，還有無數個我在不同的時空，讓我不要悲傷，是這樣子嗎？」

寶劍最後顯示的文字告訴小奇：「你的靈魂已經經歷了藍天白雲，表示你會在病痛中走出來，祝福你。」

寶劍停止震動了。

小奇的寶劍停止任何回應了，這次小奇忍不住崩潰大哭。他感覺到孤單，大喊著：「我在煩惱，你沒有聽到嗎？你們讓我看到這些，讓我有好大的煩惱。你怎麼可以來了又走？其實我已經死亡了嗎？我可以看到這麼多故事，是因為我已經到盡頭了嗎？」

時光之門整個消失了！

小奇吶喊著：「我知道，這些靈性的事情與靈魂的世界，並沒有幫助到我去超越『我要離開家人』的恐懼！

「我愛我的爸爸，和許久不見的媽媽。我不想要知道靈魂的世界。我只想要讓我的病趕快好起來，我想要回家，我想要上學。我想要自己經歷生命的將來。我不想要每天想著有靈魂的世界。

「白長老！雖然過程我很開心，可是令我更困惑了，我變不開心了！」

◇小奇

電梯又開了！電梯裡面沒有其他的人，只有一面鏡子。小奇看著鏡子裡面的自己：「我十七歲，我生病了，我頭腦可能有些問題，看到了很多我不該看到的事，而且是沒有任何人會相信的事。但是我只想要我的病趕快好起來，我想要上課，想要交很多朋友，想要好好跟我的家人相處，我不想逃避！」

小奇看著自己的身體，看他的臉色非常的蒼白。「我現在只有一個目標，很簡單，我要好好活下去，我想要健康。」

小奇也輕聲地告訴了白長老：「我不想再作夢了，不想要有那些奇幻的旅行，我只想要我的身體健康！」

小奇深深的吸一口氣走出電梯！指導靈們就在小奇的後面，非常滿意的對小奇說：

當你經歷了所有靈性的體悟，你要記得，眼前是最重要的。當你還想繼續抓取你的靈性經驗的時候，你就會忘記現在應該成為什麼樣的你。

靈魂隨時都與你同在，你若只追求靈魂世界，你會混淆，會搖擺不定，會猜測，會傷心，會失落，因為你會期待更大的你、更大的神一直保護你！

小奇一邊走，一邊聽到自己內在的聲音，其實那些都是指導靈在告訴他的聲音。只是他不再往外去尋找了，他想要聽自己的聲音，那就是：他只想要健康。「現在我的目標，我的理想，我的夢想，就是我要身體健康！」小奇想。

這時候，小奇那顆夢想的星星又再度亮起來了！

他進到病房裡，護士沒有發現他消失了，沒有任何人發現他跑出去。

他剛回來的時候，看到另外一個時空的他在魔法屋所遇見的那隻小浣熊，那隻小浣熊是他的好朋友。這隻小浣熊怎麼會在病床邊呢？只是小浣熊不是活著的，它是一個玩具熊！

小奇在醫院治療了三個多月，終於可以出院，回到正常學生生活。

他順利完成高中學業，以優異成績進入大學。在大學的新班級中，果真有個女孩叫做小歡，在另一班級有個風雲人物，竟是瀕死經驗中的隊友A。小奇又驚又喜地，看著他們出現在真實生活中。

正想到這裡時，小歡走到面前與他打招呼：「你好，小奇，這是送你的小禮物，很高興認識你！」小奇打開藍色紙袋，拿出禮物，裡面竟是一顆「鑲著五芒星的彩色水晶球」。

PS訊息 關於多次元和小奇故事中的各個角色

書中小奇離開班級後，再度回去的班級是多次元中的他，在同一時間的另一個他，用各種方式呈現他的全貌，也就是宇宙的全貌。

在體驗完獅子後的他，表面看似有時間性的進入另一個人類，體驗獅子的權威，進而體驗獅子的挫敗，然後進階成另一個為力量小心謹慎的小奇，但其實這些都是和獅子是同一時空同時完成的。獅子是生命原始力量的生命原型，他是和運動員的小奇同時存在，並同時進展的。

多次元是何種概念呢？只要是完整宇宙全貌的各個面向，在同一靈魂狀態中同步進行和體驗，這就是多次元概念。

獅子是否是頻率較低、缺乏智慧的狀態呢？

不是，我們隨時都有各種層面，多次元的我們，自己會互相支援所需的能量，原始的力量穿梭著，更高次元的自己就會有所變化。

在故事中，小奇也有進入其他人的生命，體會個人夢想，也提到轉世後成為誰。

的確有輪迴，從這身體再度投身經歷不同面向的自己，但這個部分跟多次元概念是兩回事。多次元是一分為多數，多種體驗，最接近宇宙的全貌。而輪迴是同一空間，比如地球的婦人（仕蓮）再度與同一家庭的成員輪迴後相遇，這就是單一次元的個體垂直成長的概念。

所以有些人在催眠時，會看到紂王、埃及豔后等的形象，會以為自己前世是埃及豔后這類歷史人物，這其實是多次元的共同體，我們跟某個可投射的形象，勢必有能量頻率相重疊的時候。累世都是通靈者的人，有機會在多次元的他，是個埃及祭司。

多次元與在輪迴線的自己是如何交錯，給予自己支持與學習呢？

以人的觀點看來，輪迴似乎是有時間性和地域性的差別；但用宇宙觀點來看，它卻是同一時間的發生，就如同小奇在體驗各種不同生命中，他仍帶著記憶去經歷下一個生命。

靈魂就如同小奇的視野，他客觀的看著角色扮演，帶著記憶和循序漸進的智慧，走到最後故事結尾的生命態度。

故事中是有時間性的，但在經歷的各種角色裡，這一切都是同步存在，它就是在宇宙全貌中的故事現象。唯一不同的是，輪迴是脫離不了「曾經相識的人再度聚集」。

多次元是：有可能不曾在地球相遇，即使相遇了也是擦身而過，因為他們是分頭來呈現宇宙全貌的，不是來了結因果輪迴的。

也有一種可能性：輪迴不會跟當事人再度共處同一時空，因為人在死亡後有選擇權。

有些人在生前早已完成所有原諒或被原諒的學習，死亡後，他會自定自己靈魂的願景，再度重新經驗，但不選擇與相同人共創另一生命故事藍圖。而有這選擇權的人，必定有相當的靈性體悟，超越生死與參透生命真理。

以療癒的角度來看，若有人追溯前世的經歷狀態，卻始終無法超越，則可以連結自己的多次元。有些多次元的自己可能在經歷較艱辛的周期時，會相同的影響在此時的自己。這時連結多次元的自己，可同時與更高的自己相遇，通過連結多個高次元的自己，會讓在經歷痛苦的我們，有更多的宇宙資源。

有朋友可能會問，如果我不知道我的多次元是誰，要如何連結？

我想告訴你的是：就如同你不知道宇宙之神、觀世音菩薩是誰，你還是可以祈禱。那是一種對生命意識的擴展，你認知到，全宇宙中有無數個自己正互相支持，與透過全宇宙的能量源源不絕的流動著。

簡單來說，這就是意識提升，頂輪的開啟。

以 Asha 為簡單的例子，三個月前，我們開始教導她與多次元連結，這樣可以維持她在台灣這塊土地中每天的連結與淨化，不會有太大的疲憊感。

若她的意識只維持在「她與指導靈們不斷地與其他人連結」，她始終會覺得壓力與能量消耗。若她擴展到「知道有數個更高次元的自己，可以先支持她本人每天足夠的能量」，這會協助她形成自身能量場的界線，因為意識與自我保護讓能量場擴大了，同時讓她正向的減少受到干擾的情形。

多次元因為接近宇宙全貌，祂們有足夠和完美的能量可以進行個人療癒。若你有足夠的信任，可以試試與多次元的自己做正向連結，那絕對會讓你勇敢並堅毅地創造自己的生命藍圖。

有人曾問過白長老，那聖母瑪利亞就是觀世音菩薩嗎？

不全然是，先從菩薩談起。你的觀世音菩薩的能量體，可能跟我感受到的觀世音菩薩能量體已有不同，但都稱為觀世音菩薩，原因是，祂們帶來的力量和療癒我們的，是雷同相近的。

那聖母瑪利亞可成為觀世音菩薩嗎？他們被人賦予的生命背景如此不同，是宇宙的巧妙安排，所賦予可蛻變人的力量，也不盡然完全相同。祂們被賦予每個國家和信仰者可共振的能量頻率，在每個國家地區，有它各自不同的能量質地。

常旅行的朋友一定會發現，旅行帶來生命的改變，是特別顯著的。因為當我們移動到不同國家的另一個頻率，整個多次元的我們都在受益。當然也有可能選擇一個正處於戰爭的國家，而讓多次元的整體受到波及。

這本書交錯著多次元的自己和前世，並且有精神導師、指導靈們，共同伴隨我們更接近宇宙整體。說穿了，這所有一切都屬於宇宙，人類所有故事也屬於宇宙。

沒有誰是例外或較高等，只是在有時間、空間和線性的地球人類，因為有眼前的比較，而分出各種二元的看法。

國家圖書館出版品預行編目 (CIP) 資料

小奇的奇幻之旅：平行時空是真的嗎？這個心靈故事讓你豁然開朗 / Asha 著 . -- 初版 . -- 臺北市：商周出版：家庭傳媒城邦分公司發行 , 2016.03
面； 公分
ISBN 978-986-272-993-9(平裝)

857.7 105002435

小奇的奇幻之旅

平行時空是真的嗎？這個心靈故事讓你豁然開朗

作者／ Asha
企畫選書、責任編輯／徐藍萍

版權／翁靜如、吳亭儀　行銷業務／林秀津、何學文
副總編輯／徐藍萍　總經理／彭之琬
發行人／ 何飛鵬
法律顧問／台英國際商務法律事務所羅明通律師
出版／商周出版 台北市 104 民生東路二段 141 號 9 樓
電話：(02) 25007008 傳真：(02)25007759
E-mail：bwp.service@cite.com.tw Blog：http://bwp25007008.pixnet.net/blog
發行／英屬蓋曼群島商家庭傳媒股份有限公司城邦分公司
台北市中山區民生東路二段 141 號 2 樓
書虫客服服務專線：02-25007718 02-25007719
24 小時傳真服務：02-25001990 02-25001991
服務時間：週一至週五 9:30-12:00 13:30-17:00
劃撥帳號：19863813 戶名：書虫股份有限公司
讀者服務信箱 E-mail：service@readingclub.com.tw
香港發行所／城邦（香港）出版集團有限公司 香港灣仔駱克道 193 號東超商業中心 1 樓
E-mail: hkcite@biznetvigator.com 電話：(852)25086231 傳真：(852)25789337
馬新發行所／城邦（馬新）出版集團 Cite (M) Sdn Bhd
41, Jalan Radin Anum, Bandar Baru Sri Petaling, 57000 Kuala Lumpur, Malaysia.
Tel: (603) 90578822 Fax: (603) 90576622 Email: cite@cite.com.my

封面設計／張燕儀　印刷／卡樂製版印刷事業有限公司
總經銷／聯合發行股份有限公司 新北市 231 新店區寶橋路 235 巷 6 弄 6 號 2 樓
電話：(02) 2917-8022 傳真：(02) 2911-0053

■ 2016 年 3 月 3 日初版
2021 年 8 月 27 日初版 4 刷
定價 260 元

Printed in Taiwan

城邦讀書花園
www.cite.com.tw
 ISBN 978-986-272-993-9